• DENTRO DO TEATRO DE •
MARIONETES

André Rangel Rios

• DENTRO DO TEATRO DE •
MARIONETES

EDITORA RECORD
RIO DE JANEIRO • SÃO PAULO
2007

CIP-Brasil. Catalogação-na-fonte
Sindicato Nacional dos Editores de Livros, RJ.

R453d   Rios, André Rangel
         Dentro do teatro de marionetes / André Rangel
         Rios. – Rio de Janeiro: Record, 2007.

         ISBN 978-85-01-07700-4

         1. Romance brasileiro. I. Título.

                      CDD – 869.93
07-1066   CDU – 821.134.3(81)-3

Copyright © André Rangel Rios, 2007

Capa: Evelyn Grumach

Direitos exclusivos desta edição reservados pela
EDITORA RECORD LTDA.
Rua Argentina 171 – Rio de Janeiro, RJ – 20921-380 – Tel.: 2585-2000

Impresso no Brasil

ISBN 978-85-01-07700-4

PEDIDOS PELO REEMBOLSO POSTAL
Caixa Postal 23.052
Rio de Janeiro, RJ – 20922-970

EDITORA AFILIADA

*Dedico a todas aquelas pessoas que acham
que foi delas que eu falei neste livro*

Sumário

1. Transmentalização   11

2. A futura aliada   51

3. *Tête-à-tête* com o doutor Xenakis   115

4. O encontro   157

5. A batalha final   179

Der beobachter der Seele kann in die Seele nicht eindringen, wohl aber gibt es einen Randstrich, an dem er sich mit ihr berührt. Die Erkenntnis dieser Berührung ist, dass auch die Seele von sich selbst nicht weiss. Sie muss also unbekannt bleiben.

Kafka

Vous comprenez, vous avez tort.

Lacan

We don't need no thought control.

Pink Floyd

CAPÍTULO 1

TRANSMENTALIZAÇÃO

I

A academia de ioga fica em uma sala ampla no segundo andar do shopping. É uma aula de meditação. Após os mantras iniciais e os exercícios respiratórios, começam os exercícios de concentração. "Agora recostem nas almofadas e relaxem. Vocês hoje farão um novo exercício. Ouçam os sons distantes. Relaxem. Parem de pensar. Concentrem-se apenas nos sons. Deixem a mente de vocês se afastar dos sons daqui da sala. Não pensem no que estão ouvindo, mas apenas ouçam. Deixem os sons vir de longe. E deixem a mente de vocês ir lá fora da sala buscar os sons. Ouçam os sons do corredor. Aos poucos vocês ouvirão sons de ainda mais longe. Deixem que os sons de fundo se tornem audíveis. Prestem atenção àqueles sons que vocês ouvem, mas não escutam. Tentem escutar uma conversa lá longe, quem sabe, lá fora no corredor."

Primeiro eu ouvi a mulher da loja de perfumes do outro lado do corredor oferecer uma tira de cartolina com cheiro de perfume: "Você quer experimentar?" "Obrigada. É novo?" "É Lancôme; tem também um lançamento da Givenchy." "Obrigada, depois eu volto." Aí, vi duas meninas se afastando como se eu as visse pelos olhos da vendedora. Comecei a sentir o cheiro do perfume que estava nas tiras de cartolina na minha mão. Olhei para o que eu estava segurando. Mas, quando começava a perceber que aquela não era a minha mão, e sim a da vendedora, como que pulei para os olhos de um garoto que ia correndo, passando por entre várias pessoas com livros na mão (sempre o mesmo livro com capa vermelha) e gritando: "Espera, mãe!", e fui descendo a escada rolante em direção a uma mulher de jeans azul e camisa preta de malha; ela também estava com um livro vermelho na mão. "Anda logo, temos ainda que pegar sua irmã." Então passei a ver o painel do caixa eletrônico na entrada do shopping. "Você também quer dinheiro?" "Sim." "Vou tirar duzentos." "Tira mais, amanhã é sábado." Foi quando ouvi duas vozes agressivas e visualizei a imagem como se eu me aproximasse da porta do shopping. "Você está sentindo que estamos sendo mentalizados?" "Estou, vem daí de dentro." "Parece alguém poderoso, mas ainda novato." "Neste caso a ordem é eliminar antes que se fortaleça." E senti um volume e um peso em minhas costas, logo abaixo do meu braço esquerdo. Entendi que era uma arma, e me ficou claro que quem sabia que tinha ali uma arma era um dos portadores daquelas vozes. Agora, certamente através dos olhos de um deles, eu via o corredor de entrada do shopping: um casal estava saindo do caixa eletrônico à esquerda, e a mulher de jeans com o garoto vinha logo depois. Resolvi ir embora antes que os homens armados me localizassem. Será que eu precisaria de uma desculpa para justificar minha saída repentina da aula de meditação? Pensei em cortar meu nariz por dentro com a unha para ter de ir estancar o sangramento. Mas, abrindo os olhos, todos meditavam e respiravam calmamente, ninguém me via, nem o professor, e foi só ir saindo. Olhei minha camisa branca e pensei na mancha de sangue que poderia estar ali se eu tivesse feito meu nariz sangrar, e o vermelho do sangue me lembrou dos livros vermelhos. "Estou pensando em algo como sangue na camisa, mas não vejo direito." "Estou vendo é uma coisa como um livro vermelho, não sangue." Continuava a ouvir a conversa; agora a escada rolante estava bem próxima. Eu ia pelo corredor e vi uma pequena multidão em frente à livraria no hall onde desemboca a escada rolante. Entendi que é o lançamento de um livro. No que vou andando para a escada logo em frente à livraria, minha mente como que salta para um homem alto, também de camisa branca; vejo a capa do livro em suas mãos, ou em minhas mãos, e ouço como se fosse a minha voz, mas era mais rouca: "*A morte necessária*. É bonito o tom de vermelho da capa." "Gostei é do vinho ser tinto (agora era uma voz de mulher que eu ouvia), detesto esses vinhos brancos de lançamento de livro." Eu via a capa vermelha do livro e, bem ao lado, uma mesinha com vários cálices com vinho tinto. Também via as pessoas em frente à livraria, no que sentia meu corpo chegando ao topo da escada rolante; nisso me ocorria, mais uma vez, a sensação de compreensão de que se tratava do lançamento de um livro; mas, desta vez, essa sensação não era minha, e sim de um dos homens armados. "A mentalização é forte. O novato já sabe que o estamos procurando." "Ele está rastreando tudo o que pensamos." "Temos de ser discretos." Foi quando me veio a idéia, ou nem me veio a idéia, mas parti para a ação: mentalmente fiz fraquejar as pernas do homem que olhava o livro, e ele tombou sobre a mesa dos vinhos, quebrando os copos e rolando para o chão. Agora ele estava com sua camisa manchada de vermelho e seu braço direito cortado e sangrando. Os homens armados foram em direção ao tumulto e, quando algumas pessoas, tentando ajudar, levantaram um homem de camisa branca, louro como eu, e com o braço ensangüentado, olhei através dos olhos dele nos olhos dos homens armados, que receberam na mente deles a imagem deste olhar e acharam que aquele homem era quem eles estavam procurando, mas nisso eu já ia passando bem por trás deles e me aproximava da escada rolante para descer. "Não use o revólver!" "Pode deixar. Estou estreitando as coronárias dele." Quando eu pisava no degrau rolante, ainda olhei para trás e vi que o homem com a camisa manchada de vinho tinha expressão de dor e apertava com sua mão sanguinolenta o lado esquerdo do peito. Entendi que eles, pensando que estavam me matando, haviam causado um enfarte naquele homem aparentemente saudável. Com o aumento da dor, ou devido à intensificação do esforço mental dos dois pistoleiros, minha visão através do olhar dos outros se turvava; agora via apenas o corredor que levava à saída do shopping, e via com os meus olhos. Parecia também que eu tinha conseguido aprender a controlar melhor minha mente, de modo que ela já não ia à solta captando o que outros viam ou ouviam. Assim, conseguindo desligar-me da mente dos outros, sentia-me mais protegido, pois, se eu não mentalizava o que outros viam e pensavam, também não poderiam mais me rastrear. Além disso, entendi que a violência mental turvava o meio pelo qual uma mente alcançava a outra. Nessa altura já estava dentro de um táxi, mas mandei que seguisse para Ipanema, não para onde moro, pois temia que, apesar da turvação, ainda fosse ouvido, localizado e reconhecido.

II

No táxi ia pensando que ter agido com presteza, quase por instinto, levando a que aquele homem caísse por sobre a mesa com os cálices de vinho, fora um sinal de que eu de fato tinha habilidades maiores do que jamais pudera supor; eu, ainda assim, não sentia que a minha vida valesse mais que a dele, ou seja, me interrogava sobre se seria correto ou não eu ter posto em risco a vida daquele homem, e não só em risco, pois ele morreu. Será que foi necessário que eu salvasse a minha própria vida para evitar um mal maior? Será que agora não estava comprometido em livrar o mundo da ameaça que são aqueles assassinos? Mas o que afinal eles queriam? Ora, eles foram claros ao dizer que queriam me matar porque haviam sentido que eu mentalizava os pensamentos deles: eu teria de ser morto antes que desenvolvesse ainda mais os meus poderes mentais. E eles pareciam estar seguindo ordens. Ordens de quem? Quem estaria por trás disso tudo? Seria uma organização perigosa? Mas a sorte já estava lançada. Era eu contra eles. Eles nem me deram chance de que eu me rendesse. Minha missão era, portanto, evidente. Tenho de me preparar para combatê-los. Mas primeiro tenho que aprender como me ocultar deles. Talvez o mais importante seja que eu aprenda a usar os meus talentos sem ser percebido por eles.

Eu sabia que poderia ler os pensamentos do motorista do táxi, mas evitava tentar; ainda temia que meu esforço denunciasse que havia sobrevivido, que eles haviam assassinado o homem errado.

Desci do táxi em Ipanema bem em frente a uma grande livraria. Entrando nela, me decidi a voltar a escrever. Já escrevi dois romances de pouco sucesso e, indo trabalhar numa empresa do meu tio, esqueci que era disso que eu gostava. É a sedução do dinheiro. Ganhar bem, comprar um carrão. Mas já vinha me sentindo estressado. Já havia falado sobre isso com o meu tio, quer dizer, com o marido da minha falecida tia, irmã do meu também falecido pai. É a sina da família: câncer de mama para as mulheres e as coronárias entupidas para os homens. Lembrando disso, entendi que aquele homem havia roubado a minha morte em dois sentidos: ocupou o meu lugar no assassinato e enfartou. Se bem que, no caso dele, foi um enfarte causado pelos dois assassinos. Será que também posso fazer o mesmo? Será que consigo fazer com que essa menina no caixa, tão bonita e vivaz, com vinte e pouquíssimos anos, tenha um enfarte bem agora?

"Augusto, Augusto, sobe aqui!" No mezanino da livraria, onde havia um bistrô, estava Carlos Vergueiro, meu antigo amigo da faculdade de engenharia. Ele parecia de ótimo humor. Ao sentar à sua mesa fui tomando um pouco do uísque dele. O uísque foi me acalmando. Mas não era o efeito direto do álcool relaxando o meu corpo; era devido ao torpor cerebral. Quando o álcool me subiu à cabeça, reparei que um certo ruído de fundo amainava. Me dei conta de que, já havia muito, percebia como vozes o que as pessoas à minha volta pensavam. Contudo, precisou eu me concentrar na aula de ioga para que, pela primeira vez, pudesse entender de um modo distinto o que elas pensavam. Enquanto eu analisava esses acontecimentos, Carlos me dizia que estava quase concluindo o inventário do pai. Sei que ele estava falando sobre a morte do pai, mas eu ia recompondo as minhas lembranças do que ocorrera no shopping e agora entendia melhor que o que eu havia percebido do pensamento das pessoas eram apenas aquelas coisas que elas tinham formulado de um modo claro, ou sentido de um modo distinto. O próprio processo de pensamento eu não havia captado; no máximo, havia percebido juntamente com elas o sentimento de certeza que aflora quando se chega a uma conclusão evidente. Ou seja, só de um modo bem delimitado eu podia ver o que as pessoas viam. Mas eu conseguira fazer aquele homem ficar com as pernas bambas e cair. Parecia que também podia influenciar algumas funções básicas. Talvez eu pudesse fazer com que o coração de Carlos pulsasse mais devagar, ou mais rápido. Porém, não fiz nada. Agora me sentia não só calmo mas seguro: era como se o uísque tivesse reduzido o meu poder transmentalizador, ou diminuído o seu limiar; em todo caso, isso fazia me sentir mais seguro. Assim não poderia ser rastreado pelos matadores.

Carlos me falava agora que estava solteiro e que isso é que era, ao menos por ora, a vida boa. Ao menos para ele, que, com o dinheiro herdado do pai, quer dizer, com o aluguel de três apartamentos, podia viver apertado, mas sem pôr mais os pés em nenhum canteiro de obras. E eu, mais calmo, podia ouvi-lo com atenção. "Porque, para trabalhar como engenheiro, só ganhando muito, senão é o que há de mais idiota no mundo." O impacto do homem morto, embora ele tivesse salvo a minha vida, ficara um pouco de lado. Isso agora não me parecia uma insensibilidade minha; ao contrário, sentia-me crescendo para fazer frente à minha tarefa: como eu poderia enfrentar criminosos tão poderosos se não tivesse essa capacidade, essa resiliência, para me pôr rapidamente de pé após um embate? Se eu ficasse choramingando, logo sucumbiria aos meus sentimentos de culpa, e esses facínoras então dominariam o mundo. Será que já dominavam? Será que eles são americanos? Será que estão aqui em missão de extermínio de todos os transmentalizadores brasileiros, de modo a que haja apenas norte-americanos transmentais? "Você está ou não está me ouvindo? Ficou bêbado com só dois uísques?" "Que isso? Estou ouvindo você. Você estava falando que foi o ciúme da sua mulher contra as secretárias da firma que acabou com o seu casamento, mas que você era inocente. Você já havia muito tempo tinha desistido de qualquer secretária. Você havia evoluído. E que evolução é essa?" "É isso mesmo, Augusto, estou tentando criar um clima para te falar disso, mas você está muito aéreo." Resolvi não contar o ocorrido; ele não parecia interessado em me ouvir: só queria era falar. Ele queria me contar algo de novo, algo que ele considerava fantástico. Mas o que poderia ainda me parecer fantástico?

"Descobri que eu era muito correto (era o que o Carlos ia me contando), que eu era, como se diz, politicamente correto. Então não conseguia mentir. Daí que eu não conseguia transar com outras meninas. Mas a Luísa não parava de me atormentar dizendo que esta aqui estava quase pulando no meu pescoço ou que aquela outra ali parecia que já tinha dado pra mim. Um inferno. Eu levava a fama e não tinha feito nada. E era também acusado de mentiroso. Foi um alívio quando consegui mentir. Quer dizer, quando transei mesmo com uma estagiária, nem era uma das temidas secretárias. Até que a Luísa descobriu mesmo, com provas. Quer dizer, a estagiária que eu estava namorando foi lá em casa e contou tudo para a Luísa. Então só me restou ficar mais politicamente incorreto ainda. Imagina que eu disse para a Luísa que eu achava que era fisiológico, que o homem tem mais necessidade física que a mulher. Que era por necessidade física que eu tinha de transar com mais de uma mulher. E ela, pra minha surpresa, aceitou. Mas disse também que não queria era saber de nada, que eu arranjasse uma menina que não fosse uma louca como essazinha que veio contar tudo pra ela. Só que passei a me sentir diferente. Não que me sentisse um canalha, mas porque vi que tinha sempre sido correto demais. Havia algo que sempre quis fazer, mas nunca fiz. Sabe o que era?" Enquanto ele falava, eu ia pensando que provavelmente poderia influenciar a libido de uma mulher. Que eu até conseguiria fazê-la gozar sem tocá-la. Fiquei pensando se poderia fazer a menina que vira em frente à máquina registradora da loja gozar bem ali, de pé. Mas eu também aproveitava a minha tranqüilidade para escutar o Carlos, e resistia à tentação de ler os pensamentos dele. Em todo caso, se ele falava assim tão rápido, era porque as palavras lhe estavam brotando diretamente do cérebro, ou seja, se ele nem parava para pensar, se tudo era só verborréia, então eu não poderia ler o que ele pensava; na verdade, ele não pensava. Carlos, que é agora um desempregado por opção, mas que sempre foi um poeta mal reconhecido — se bem que foi ele que me estimulou a escrever romances —, não pensava: eram as palavras que lhe brotavam de um incontível automatismo mental. Se ele estava sendo autêntico, era porque não estava pensando, quer dizer, ele não estava parando para checar mentalmente as palavras que iria dizer. Mas agora ele parou e me pôs uma pergunta. "Você consegue adivinhar o que era que eu sempre quis fazer?" Não resisti. Mesmo no terceiro uísque. Mesmo sentindo-me embotado. Aquela parada no fluxo verbal dele. Ele bem à minha frente como que preparando mentalmente a resposta para ele mesmo, como que visualizando as palavras que iria falar e antevendo minha suposta reação de espanto. E eu disse: "Você sempre quis comer uma puta." Primeiro ele ficou calado, espantado. Depois ficou me olhando de lado como se eu lesse pensamentos. Então falou: "Isso mesmo! E já vi que não estou sozinho nisso. Deve fazer parte da nossa crise dos quarenta." Preferi deixar as coisas assim. Era melhor que ele não soubesse que eu de fato li o que ele pensava.

III

No dia seguinte, tirei férias na firma. Queria me dedicar a exercitar essas minhas novas habilidades. Mas minha primeira decisão foi a de me exercitar em geral. Já estava havia alguns meses sem ir a uma academia. Para ir tive de fazer exames. O médico me disse que eu estava com hipertensão, que o que eu precisava mesmo era de ginástica e de emagrecer, mas que me daria um remédio porque a pressão estava um pouco alta demais. Aceitei tomar o remédio, mas estava seguro de que poderia fazer minha pressão baixar logo que eu aprendesse a manejar melhor os meus novos poderes. Do médico só queria mesmo o atestado para poder iniciar a ginástica. Passei a freqüentar a academia dia sim, dia não; nos outros voltei a ter aulas de caratê. Sabia que, se meu corpo estivesse forte, minha mente também estaria. E, se eu estava indo para a luta, exatamente a concentração que é necessária ao caratê me seria indispensável. Afinal, era para um tipo de caratê mental que eu me preparava.

Quando se aproximava o final do mês de férias, fui à casa do meu tio para conversar com ele sobre tirar um semestre inteiro de férias, como um semestre sabático. Achava provável que, apesar de eu, já havia três anos, trabalhar incansavelmente na inspeção de construção de plataformas de prospecção de petróleo, ele não concordasse espontaneamente, mas estava seguro de que, se necessário, iria persuadi-lo transmentalmente. Para dar uma chance a que ele concedesse espontaneamente minhas férias sabáticas, portei-me como se eu estivesse estressado. A questão moral de usá-lo para um fim que ele desconhecia já não pesava; havia trabalhado, em mim, a morte do homem louro no shopping. Achava que, devido à dimensão do problema e ao seu desconhecimento total por parte dele e da sociedade toda, me era lícito usar ocasionalmente das pessoas, mesmo quando isso pudesse custar uma vida humana. Afinal, era pelo bem da própria humanidade. De resto, como eu poderia avisar alguém dos perigos em curso? Quando subia no elevador, ia pensando que deveria arrumar um aliado, ainda que ele não tivesse os poderes que tenho; eu precisava conversar com alguém para ter clareza quanto aos meus planos. O que me ocorreu foi conversar com o Carlos. Ele já tinha percebido como eu lera os pensamentos dele. Era um amigo leal. Seria justo pôr a vida dele em risco? Ora, não havia outra saída. A minha vida também estava em risco.

Meu tio pareceu mais compreensivo do que eu esperava. Porém, não estava inclinado a seguir depositando o meu salário por seis meses. Fiquei calado um momento, concentrei-me e irradiei mentalmente sobre ele a ordem de que cedesse. De fato, após meu breve silêncio, ele disse que eu continuaria a ter meu salário integral. Depois, como que perplexo por ter cedido em algo com que ele não concordava e que era talvez contrário a seu estilo austero, buscou racionalizar seu oferecimento: "Mas você tem de cuidar desse estresse. Não vai me aparecer daqui a seis meses assim inquieto como você está." Eu disse que estava pensando em falar com um médico que me resolvesse a insônia; depois iria fazer uma viagem ali por perto. Foi quando ele me sugeriu falar com o doutor Haizman. "Muito bom esse doutor Haizman. Também joga golfe conosco. Depois que sua tia morreu, fiquei meio deprimido. Ele me deu um remédio muito bom. Em um mês já estava de volta ao trabalho. Vai ver que o que você tem também é depressão. Agora tudo é depressão. Nosso mais novo companheiro de golfe, o doutor Xenakis, contou que uma vez ele estava trabalhando sem parar, e o médico disse que era depressão." "E quem é o doutor Xenakis?" "É ótima pessoa. Conversa sobre tudo. Ele tem uma firma de transporte marítimo. Mas para se distrair, para evitar recair na depressão, comprou uma livraria." Foi então que inadvertidamente falei que estava escrevendo um romance; havia evitado dizê-lo para que ele não pensasse que eu havia me tornado um artista preguiçoso. "Oh, oh, oh! Preguiçoso é o que você não é!" Ele pareceu aliviado em me ver com planos para o futuro, mas mesmo assim voltou a insistir em que eu fosse ao doutor Haizman.

IV

Após algumas pesquisas marquei uma hora com o doutor Haizman. Já o conhecia de vista lá da casa do meu tio. Ele era um jovial bonachão com fartos cabelos brancos. Ria parecido com o meu tio. Quando lhe falei que havia feito pesquisas a respeito do nome dele, pareceu achar isso muito divertido. "E o que você encontrou?" "O seu nome é o mesmo daquele monge esquizofrênico que Freud comentou." "Oh, oh, oh! Não é o mesmo, não. O meu nome tem um 'n' a menos. Não sou 'n + 1', sou 'menos 1 n'. Além disso, acho que não sou esquizofrênico. Mas o que eu acho mesmo é que o tal monge também não era esquizofrênico. Ainda não tinham inventado a esquizofrenia." Com a minha mentalidade de engenheiro, fiquei perplexo com o que ele disse: "Então não havia esquizofrenia?" "Ora, os sintomas da esquizofrenia são socialmente condicionados. E nada impede também que a esquizofrenia esteja em evolução, que ela não seja um quadro estável." Continuei sem entender, mas ele continuava a explicar: "Antigamente, ao que parece, os quadros clínicos que alguns hoje se aventuram a classificar de esquizofrenia tinham mais alucinações visuais que auditivas." Não queria ler o que ele pensava, porque essa conversa podia ser uma armadilha. Talvez ele estivesse me deixando perplexo exatamente para que eu tentasse ler a mente dele. Só que eu não era mais um novato nessas coisas e podia muito bem perceber que ele nem imaginava o transmentalismo. Então eu disse: "A esquizofrenia pode até ser uma tentativa evolucionária em curso. Quem sabe ela não resultará em algo de novo para a mente humana?" Ele exultou: "Isso mesmo, bela hipótese!, eu já escrevi algo parecido com isso." Na hora de sair, ele me deu uma receita: "Isso vai ajudar você a dormir, mas pode ser que você engorde um pouco; em todo caso, continue fazendo exercícios, está muito bem assim."

Aceitei tomar a medicação que ele me receitou. Mas para mim ela seria uma tentativa de substituir o uísque que eu vinha tomando para baixar o meu limiar transmental. Para ajudar a dormir, é claro que aquelas pílulas não eram necessárias, tal como o anti-hipertensivo; em breve, devido ao meu próprio controle da mente, eu as dispensaria.

Com essas questões resolvidas, era hora de viajar. Alguma coisa, tal como se eu estivesse em um campo magnético, me fazia pensar em subir a serra. Era como se, longe do Rio, num clima de montanha, eu pudesse mais facilmente adestrar meus poderes mentais. E no Rio havia o risco de que os assassinos reaparecessem.

V

De fato, à medida que eu subia a serra para chegar em São José das Pedras, os ruídos de fundo iam diminuindo. Diminuíam até mais do que se eu bebesse uísque. Após pensar sobre esse fenômeno do decréscimo do ruído de fundo, concluí, como o mais provável, que ele seja de natureza física; talvez devido à rarefação do ar ou, o que é mais plausível, à proximidade do Sol. Meu objetivo nessa viagem era o de aprender a controlar os processos transmentais com destreza e precisão. Sem dúvida, os contatos ou transmissões transmentais terão ainda de ser estudados em laboratórios científicos, se é que no MIT já não o fazem. Pode ser que os Estados Unidos já estejam avançados no controle do espaço transmental. Como já considerei, é possível que os assassinos no shopping fossem exatamente agentes da CIA com a missão de exterminar todos os transmentalizantes brasileiros a fim de assegurar, para os norte-americanos, a supremacia absoluta do espaço transmental. Por isso também é que eu teria de agir com cautela. Seria precipitado usar estes meus recém-adquiridos poderes para influenciar a política internacional, pois possivelmente agentes americanos transmentalistas estariam de prontidão para aniquilar qualquer incursão mental estrangeira na Casa Branca, ou seja, se eu tentasse influir na mente do presidente americano para que ele não lançasse os Estados Unidos em novas guerras, minha ação seria interceptada, eu seria rastreado e morto: quando eu menos esperasse, deitado placidamente na cama, poderia ser alvejado por um míssil Tomahawk.

O que constatei foi que, cerca de um quilômetro acima do nível do mar, o ruído de fundo de fato cessava. As transmissões transmentais ficavam, portanto, dificultadas com a altura, ao menos as transmissões incontroladas e, assim, inconscientes das pessoas, que são, pelo que pude observar, as mais comuns. Era um alívio estar nesse silêncio da montanha. Se eu não estava captando quase nada além de um leve ruído das mentes descontroladas, era porque poderia praticar com minha força transmental sem ser notado. Não sei se era só a altura ou se também a baixa densidade demográfica que acalma as mentes. É uma hipótese que me parece plausível a de que a concentração de mentes as excita reciprocamente e a atividade transmental delas se irradia com mais intensidade. Num mundo demograficamente rarefeito, as mentes ficariam embotadas. Sendo assim, posso pensar que desenvolvi essa capacidade transmental por pertencer a uma família que há várias gerações vive em espaços urbanos densamente povoados. Mas, se isso for verdade, então a hipótese de que os Estados Unidos têm homens — ou talvez seres pós-humanos — transmentais fica reforçada. Contudo, não sei bem dizer por quê, não descarto a hipótese meramente física, em desconsideração ao fator da densidade sociodemográfica, de que é apenas a rarefação do ar da montanha que funciona como um firewall que, se não impede, lentifica as ações transmentais.

São José das Pedras é um povoamento rural a cerca de quatro horas do Rio de Janeiro. A meia hora de estrada de terra há uma cidade bem maior, Barranqueiras. Venho aqui desde os tempos da faculdade. No início eu tinha uns cavalos, mas nos últimos anos vim apenas umas poucas vezes para praticar ioga. Agora iria praticar meus poderes transmentais. O quanto será que a ioga contribuiu para que eu desenvolvesse essas novas habilidades? Por que será que esses outros tantos iogues pelo mundo afora não as desenvolveram? Creio que a transmentalização — ou a capacidade de controlá-la (provavelmente todos têm, em alguma medida, essa capacidade) — resulta de uma pluralidade de fatores.

Um cavalo da vizinhança estava pastando atrás da minha casa. Tentei mentalmente lhe dar ordens para que relinchasse e escoiceasse, mas nada aconteceu. Concluí que ou não era possível ou era extremamente difícil influenciar a mente dos animais. Não insisti nesse caminho, pois ou era eu que não tinha esse talento ou serão as pesquisas físico-fisiológicas, que algum dia ainda serão feitas nas universidades, que irão explicar isso. Talvez os transmentais variem em seus talentos específicos. Quem sabe, um outro transmental consiga influenciar animais? Tentei mover mentalmente objetos, mas, o que eu já esperava, nada acontecia. Minha questão era, portanto, com os seres humanos: só na mente deles eu podia atuar. Assim, passei a tarde exercitando algumas seqüências de caratê e desci até o centro do povoado para jantar e observar as pessoas.

Nunca me comuniquei muito com as pessoas do local, mas certamente todos sabem quem sou. Que outra coisa eles têm para fazer por aqui senão falar da vida dos outros? Só havia uma birosca aberta, mas, em contradição com o silêncio da serra, duas enormes caixas de som ribombavam uma música com batidas fortes. O som era alto e muito distorcido. Custei para perceber que as músicas eram cantadas em português. A meu pedido requentaram uma refeição com frango, farofa, arroz e feijão. Evitei a cachaça, pois estava ali — aproveitando que, quase um quilômetro acima do nível do mar, ninguém estava me rastreando — para conhecer melhor quais afinal eram ou não os meus poderes. No início percebi pouca coisa do que se passava na cabeça das pessoas, mas, quando a música cessou brevemente, vi que os homens, todos meio bêbados, estavam com a imagem de uma menina de minissaia e camiseta bem justa. Procurei por alguns instantes e vi, na calçada na frente do bar, a menina tão cobiçada. Agora, na breve pausa da barulheira, podia ouvir mentalmente o que ela sussurrava para uma amiga, um pouco dentuça, de calça jeans justa: "Acho ele um tesão!" "Será que ele vai querer alguma coisa com você?"

Não consegui identificar quem estava falando o quê, porque as caixas de som voltaram a trovejar. Depois pararam de novo. Aí começou a tocar um forró, e pude sentir que as mentes se inundavam com algo que entendi ser alegria.

Sentado no balcão da birosca, terminando minha refeição, vi minhas costas através do olhar de alguém que se aproximava. Era o meu antigo caseiro. Agora ele trabalhava para o vizinho, que, aliás, também tinha comprado meus cavalos. Conversamos um pouco sobre alguns consertos que ele faria na minha casa, e pude observar que ele estava ansioso para ganhar um dinheiro extra. Ele me falou em duzentos reais, contando que eu lhe proporia cento e cinqüenta, e que ao final acertaríamos cento e oitenta. Mas eu disse: "Por que você não diz logo o preço que acha que é o certo? Não precisa esperar que eu pechinche. O que você quer é cento e oitenta." Espantado, confirmou o combinado; e, quando ele já caminhava longe da birosca, pude perceber que se sentia confuso, com a impressão de que eu havia lido seus pensamentos, embora argumentasse com ele mesmo que eu já conhecia seu jeito de propor preço.

Outras meninas haviam aparecido e alguns casais dançavam. Como a música estava agora mais baixa, eu podia acompanhar o que as pessoas estavam pensando. O que eu estava mais uma vez percebendo era que só lia na mente das pessoas o que elas formulavam de um modo claro e distinto. Idéias vagas, emoções fugidias, decisões súbitas, cálculos numéricos não imprimiam um registro suficientemente claro para que eu os compreendesse. Se uma pessoa parava e pensava sobre quais palavras usaria para dizer algo, sobretudo se ela ensaiasse a frase mentalmente, então eu podia saber o que ela estava pensando. Por isso, os tímidos, aqueles que sempre ensaiam o que vão falar, são praticamente transparentes para mim. Um garoto meio franzino ficou bem uns cinco minutos remoendo na cabeça como se aproximaria da menina de minissaia. Ele pensava: "Como será que vou falar com essa prima da Lucineide?" Então ele ficou ensaiando a frase: "Luci, essa sua amiga é sua prima?" O curioso é que ele sabia que era prima, o que ele parecia não saber era o nome dela, mas ele ensaiou perguntar, e a seguir perguntou se aquela outra menina era prima dela. A Lucineide respondeu: "É a minha prima mais querida." E o rapaz continuou sem saber o nome da tal prima. E qual era o nome dela? Resolvi, sempre a distância, descobrir qual seria o nome dela. Pude captar que um rapaz alegre e rebolante que, ignorando o rapaz tímido, a puxou para dançar perguntou: "Marzinha, minha linda, você vai ficar por aqui até domingo?" Mas isso era ainda só o apelido. "No sábado volto para Barranqueiras." Eu também queria ir a Barranqueiras para me exercitar transmentalmente em um centro urbano maior. O jeito foi fazer o rapaz tímido voltar até a Lucineide e perguntar a ela o nome da prima. Tive de me recurvar por sobre o prato vazio e fechar os olhos. Concentrado, fiz aumentar no rapaz o sentimento de curiosidade e lhe turvei a inibição; enfim, fiz ele se sentir como que um pouco bêbado, embora quase não tivesse bebido. E ele, meio como um robô, perguntou: "Qual é o nome da sua prima?" Mas a Lucineide não gostou: "Está interessado nela, é?" Tive então de acalmar a Lucineide, agora tão aborrecida que nem estava pensando no nome da prima. "Ela não gosta de bobalhão." Contive o rapaz de se retirar de perto dela, envergonhado, e lhe infundi firmeza o suficiente para que dissesse: "Só perguntei o nome, nem falei com ela." "Num falou mas 'tá olhando." "Eu gostei da minissaia." Ao forçar essa frase, dei uma gafe. Era uma frase minha. O rapaz provavelmente jamais a teria dito. Senti o espanto da Lucineide. Ela não esperava que o rapaz falasse algo assim. O rapaz, com a minha influência, estava agora seguro de si e nem chegou a se espantar com a sua conduta inusual. Foi quando a Lucineide, ainda espantada, quase automaticamente, sem que nenhum pensamento tivesse passado pela sua mente, soprou: "Marzinha." Imediatamente, movi o rapaz a contrapor: "Isso é apelido. Perguntei o nome." Mais espantada ainda com a segurança e rispidez do rapaz, Lucineide respondeu: "Lucimar." "Sua família tem mania de Luci-alguma-coisa." Essa frase do rapaz, porém, foi proferida por ele mesmo. Tendo recebido a resposta que eu queria, já não me preocupara em manter-lhe o influxo de firmeza, mas o quanto lhe havia transmitido se esvaía aos poucos. Fiquei observando quanto tempo os efeitos transmentais duravam. Eles pareciam se portar como se fossem fluidos viscosos; não eram como uma transmissão de rádio, instantânea para começar e para cessar. O rapaz parecia sentir que sua firmeza estava lhe escapando, mas havia sentido prazer em ser mais incisivo, e vira que isso tinha impressionado a Lucineide. Agora ele procurava como que encontrar um caminho mental para infundir novamente nele mesmo a segurança que estava se indo. "Mas isso tudo é paixão pela minha prima?"

"Não, é para deixar você com ciúmes." Mais uma vez a Lucineide estava espantada, mas agora, menos seguro de si, o próprio rapaz havia se espantado com o que dissera. É curioso observar que, quando se mexe na mente de alguém, alguns efeitos persistem. Talvez se pudesse desenvolver um tipo de terapia para curar algumas neuroses. Mas isso também teria de ser pesquisado. O que eu estava precisando fazer no momento era apenas praticar. Resolvi então, já que havia beneficiado o rapaz, forçá-lo a retribuir-me, usando-o como cobaia em meu treinamento. Concentrei-me e forcei-o a que ficasse com vontade de defecar. Ele sentiu as pontadas de cólica, mas, ainda relativamente seguro de si, conteve-se de dizer o que sentia. Vendo-o empalidecer, Lucineide perguntou: "O que foi?" Ele — e isso achei o máximo —, sem nem haver pensado que deveria inventar uma desculpa (pois, se dissesse que queria ir ao banheiro, a Lucineide pensaria que, de tão nervoso, ele estava quase se cagando), falou: "Senti uma pontada nas costas. Isso acontece às vezes, e fico com medo de ser pedra no rim que nem meu irmão." Ora, a idéia do irmão e mesmo a da cólica renal do irmão nem de longe haviam passado conscientemente pela mente dele; as palavras brotaram diretamente do inconsciente. Será que com mais exercício eu poderia ler o que subjaz ao que é claramente consciente? Vejo que a maior parte da atividade mental se processa fora da consciência. "Já volto." Foi saindo, mas fiquei com pena e fiz que cessasse a dor. Agora ele se sentia cansado e, rendendo-se à surpresa de ter agido com segurança pela primeira vez na vida, decidiu não insistir mais e ir logo para casa. Acompanhei-o mentalmente pelo caminho. Ele tinha diante de si, quase visualmente, o rosto dentuço da Lucineide, mas sobreposta a essa imagem estava a imagem da bunda dela. Ele imaginava como seria apertá-la. E senti quase como se fosse meu mesmo o desejo de ir para a cama com aquela menina. Observei aí que eu tinha de aprender a não me confundir com o que lia na mente dos outros. Pareceu-me um perigo possível o de que a minha mente, ao tentar controlar uma outra, acabasse contaminada pela visão de mundo ou pelos desejos da outra mente. O que é afinal controlar uma outra mente?

Mas eu não queria resistir. De certo modo, o desejo daquele rapaz pela Lucineide agora era o meu desejo por ela. De quem é um desejo? Eu é que queria apalpar aquela bunda gostosa que, aliás, ainda não tinha visto com os meus próprios olhos. Seja como for, havia aprendido com o rapaz que o rosto dentuço era, se não bonito, charmoso. Talvez essa viesse a ser uma outra conseqüência da transmentalização se ela se tornasse mais usual: o padrão estético das pessoas, uma vez que elas poderiam compartilhar suas sinceras apreciações, mudaria mais rapidamente.

Então resolvi que usaria meus poderes para levar a Lucineide para a cama. Olhei para ela, que estava no meio de algumas pessoas na calçada em frente ao quiosque, e fui indo a seu encontro, mas retornei ao balcão. Se era para eu usar meus poderes, ela é que deveria vir até a mim. Mais uma vez me concentrei e, entrando na mente dela, comecei a manipulá-la para que ela encontrasse por si mesma um pretexto para vir me abordar. Vi que ela ainda estava impressionada com a firmeza do rapaz, mas vi também que estava cansada de viver por ali em São José. Assim, foi fácil transformar a admiração, e o tesão, pelo rapaz em raiva por mais esse vínculo com o lugar. Fiz mesmo ela pensar explicitamente: "Não agüento mais esses caras daqui; queria morar no Rio de Janeiro, que nem meu irmão." Nisso eu já havia enfraquecido o interesse dela na conversa. Fui fazendo com que ela pensasse em namorar alguém do Rio que fosse levá-la para lá. Fiz que ela lembrasse que já me tinha visto e que sou do Rio de Janeiro. Achando também nas lembranças recentes em sua mente uma percepção de fundo de que eu havia olhado para ela (no momento em que ia em sua direção), fiz surgir nela a idéia de vir falar comigo. Ainda hesitou, mas, fazendo-a agora sentir a firmeza do rapaz como uma afronta, foi fácil impulsioná-la na minha direção. "Se um cara daqui pode dar em cima de mim descaradamente, por que eu não posso dar em cima daquele cara do Rio?" Ela se separou dos amigos e veio vindo na minha direção. Sem ainda saber o que ia falar comigo e já estava pensando em comprar uma cerveja para justificar para si mesma por que estava vindo até o balcão. Foi quando vi surgir em sua mente a lembrança do meu nome: "Augusto". Ela estava tentando lembrar onde o tinha ouvido. Mas, vendo que eu estava de olhos fechados, pensou que poderia me perguntar se eu estava passando bem. Eu estava de olhos fechados, mas estava me vendo através dos olhos dela.

Abrindo os olhos, lancei o olhar bem dentro de seus olhos e sorri. Ela respondeu com outro sorriso. Nesse momento havia acabado de aprender a infundir um afeto de familiaridade. Ela se sentia como se já me conhecesse há anos. Fiz sinal para que se sentasse ao meu lado. Ela, sorrindo, falou: "Tudo bem com você?" "Tudo bem. Meu nome é Augusto. Você é Lucineide, não é?" "Você sabe meu nome?" "Ouvi alguém chamando você e não esqueci." Ela não supôs que eu havia transmentalizado para aprender o seu nome. Achou que eu tinha mesmo ouvido e, por ter me interessado por ela, o havia memorizado. Na verdade, ela estava encantada por eu lhe dar atenção. Parecia que eu nem ia precisar usar meus poderes para seduzi-la. Mas exercitar-me é que era o meu objetivo. Não me interessava transar com uma dentuça só pelo prazer de um orgasmo. Tinha que me pôr com urgência à altura de uma missão que podia vir a se mostrar como tendo envergadura internacional. Tinha de me manter humilde e treinar, propondo-me uma série de pequenas tarefas. Percebi que o melhor uso de minhas forças seria empregando-as de um modo sinérgico com as tendências internas de cada pessoa. Foi desse modo que a atraí até aqui ao meu lado no balcão. Mas o que faria agora para me exercitar? Poderia fazer com que ela se decepcionasse comigo, mas não queria gerar frustração a respeito de mim mesmo. "Cheguei hoje aqui. Estou um pouco cansado. São quatro horas de estrada." "Aqui é um fim de mundo." "Não diga isso. Gosto muito daqui." "Gosta porque não mora." Acho que eu havia exagerado em estimular a impaciência dela com o lugarejo. Constatei assim que ainda tinha de aprender a calibrar melhor meus poderes. Parece importante usá-los parcimoniosamente. "Quer uma cerveja?" "Não, obrigado. Não quero beber hoje. Vou fazer um chá lá em casa." Ia convidá-la a subir comigo, mas senti que ela me negaria. Foi, portanto, um bom momento para fazer mais um exercício. Bocejei. Passei a mão no rosto como se estivesse com sono e, aproveitando o meu silêncio e a ajuda dos olhos fechados, concentrei-me e vi que ela estava com medo que eu a convidasse rápido demais. Vi que lhe acorria a lembrança de um daqueles rapazes que estavam falando com ela na varanda dizendo: "Piranha, vai dá pro bacana", ao mesmo tempo que, mais ao fundo, havia a imagem de um cara louro-parafinado no interior de um carro espaçoso. Achei muito interessante que eu estivesse começando a conseguir refinar a minha leitura mental, separando as imagens em suas diversas superposições. Eu podia fazê-la vir comigo à força, quer dizer, à força mental, mas não me pareceu justo deixá-la mal com a turma dela. Teria de proporcionar-lhe uma desculpa. Mas não queria me demorar mais naquele lugar barulhento. Então me decidi que seria mesmo pela força bruta, o que era afinal um bom exercício. "Vamos até a minha casa tomar um chá, depois te trago de volta de carro." "Seu carro é um preto que parece o Darth Vader?" Embora eu estivesse monitorando os pensamentos dela, fui surpreendido pela metáfora. Não havia na mente dela nenhuma lembrança do meu carro, mas de repente surgiu não só a lembrança, mas a metáfora. Ri do meu carro ser comparado com o vilão. Ela soltou uma gargalhada gostosa. Era alegre e atirada na vida. Quando sorria, além dos seus dentes proeminentes, expunha toda a gengiva superior. Era um pouco grotesca a imagem, mas, talvez ainda influenciado pelo desejo do rapaz, vi aquela feiúra como sedutora. Percebi também que a alegria me fazia bem. Era como se eu conseguisse desviar para mim a energia positiva do estado de humor dela. Quando paguei pelo que comera, me desconcentrei dela, que afinal estava vindo comigo por vontade própria, e lancei uma onda de distração nas pessoas do bar, fazendo com que ficassem desatentas por alguns segundos, somente ouvindo a música, de modo que saímos sem que ninguém se desse conta. Lucineide também ficou entregue à música e não mais lembrou do que os amigos iriam falar para ela. Ao longo do caminho, a mantive num humor alegre e tagarela; ela me contava com grande humor que sua irmã aos quatro meses de gravidez fizera um ultra-som e sabia que ia ter gêmeos, mas que lá no futuro, em *A vingança dos Siths*, o ultra-som devia estar em desuso; veja só se é possível tantos robôs médicos e alguém ficar surpreso que nasceram gêmeos.

Quando pus a água no fogo, relaxei meu controle sobre a mente dela. Queria ver como era o seu natural para poder avaliar o quanto eu a estaria influenciando. "Bonita a vista daqui da sua casa." Vi que estava sendo sincera, mas, olhando através de seus olhos, sabia que o que ela estava apreciando mesmo era o meu carro. Ela sinceramente queria dar uma volta de carro. Eu observava com curiosidade o quanto a vontade dela de transar comigo estava imbricada com a vontade de andar no carro. Vi que ela achava que o carro era bonito e que eu tinha cara de buldogue louro; mesmo assim, o tesão era como se eu fosse bonito e possante tal como o carro, tal como se o carro e eu fôssemos um mesmo ser. Quando trouxe a água fervendo e a derramei nas canecas com os saquinhos, estava pensando que, de fato, a psicologia iria progredir muito com os estudos transmentais. Eu estava fascinado com o funcionamento complexo da mente e dos interesses humanos. Mas, quando ela começou a tomar o chá, ou seja, quando já fazia mais de meia hora que eu não mais estava influenciando sua mente para que ficasse serena e brincalhona, começou a ficar inquieta. Percebi que pensava na sua prima. Mais uma vez lhe ocorria a imagem do rapaz que a chamava de piranha. "Estou preocupada com a minha prima." "Que prima?" "Aquela loura bonita." "Por quê?" "Porque o Cleisson e o Juninho quando bebem dão problema." "Que problema?" "Ficam agressivos, arrumando briga, e já tentaram me agarrar. Eu é que gritei e o pai deles veio com um cinto, berrando com eles. Tem também um cara com pinta de galã que anda com eles, mas não faz nada." Ela falava isso também com vontade de andar no carro. Agora se imaginava saindo triunfalmente do meu carro e chamando a amiga, resgatando-a do perigo. Eu pessoalmente tomei gosto por um confronto com esses valentões do interior. Será que conseguiria controlá-los mentalmente? Manipular a atração das meninas por mim tinha sido fácil, mas como seria com a raiva dos caipiras? Será que conseguiria fazê-los dóceis?

Lucineide disse que, no dia em que ela teve de gritar, Cleisson e os outros dois a estavam levando à força para uma estradinha que ia por trás da casa deles, na saída do vilarejo. Se não fosse o pai deles estar em casa, poderia ter berrado quanto quisesse que eles a teriam estuprado. Ela estava inquieta porque não havia avisado nada à prima. "Essas coisas a gente quer esquecer, e acaba esquecendo mesmo." A estradinha era estreita, mas tinha um poste de luz que a iluminava. Vimos que Cleisson estava agarrando fortemente a Lucimar e arrastando-a para dentro da garagem dos fundos da casa. Talvez o pai deles não estivesse em casa hoje. Do outro lado da estradinha, só havia mato alto. Desliguei o carro e fui andando para eles. Eu estava tranqüilo e podia sentir com perfeição o medo da Lucimar — lhe doíam os pulsos —, a raiva do Cleisson, a imagem das coxas da Lucimar na mente do Junior e a confusão na do rapaz com cabelo de galã de cinema. A primeira coisa que fiz foi afrouxar as mãos de Cleisson, de modo que, desvencilhando-se, Lucimar veio correndo na minha direção. "A Lucineide está ali te esperando." Ela foi abraçar a prima, que agora estava de pé ao lado do carro. "Ele está com uma faca", avisou de longe Lucimar. "Qual de vocês está com uma faca?", perguntei. Cleisson puxou a faca, e os três vieram na minha direção. Era hora de lhes infundir medo. Eles estavam muito confiantes. Mas, conforme já tinha aprendido, o melhor era que eu lhes manipulasse os sentimentos reforçando tendências internas deles. Assim, ao mesmo tempo em que lhes instilava medo, disse: "Larga a faca ou vou enfiar essa faca no seu cu." Minha voz estava nítida e tranqüila. Estava até achando graça daqueles imbecis que, só pelo jeito de andar, eu via que não sabiam brigar. Fiquei achando que nem precisaria dos meus poderes, mas, para me exercitar, os continuaria usando. "Ô bonitão, vou quebrar seu nariz, você vai ficar com cara de corcunda de Notre-Dame." Com isso, inundei de medo a mente do galã. Ele ficou paralisado, postado à minha direita. O terceiro, que havia se colocado bem à minha frente, já estava com medo por ele mesmo; eu nem precisava falar nada; mas reparei que ele era impulsivo. Cleisson, hesitante, com medo, ora pensava em jogar a faca para longe, no meio do mato, com receio de que eu a pegasse e o ferisse, ora tentava reagir ao medo e me atacar. Ele se adiantou pela minha esquerda. Desloquei-me para o lado do bonitão. Ele olhava fixamente para a faca e não cuidou da minha proximidade. Que imbecil! Tão perto de mim e desatento. Enfiei um soco bem no meio da cara do galã. Foi ao chão com o nariz quebrado e sangrando. O Juninho se aproximou para socorrê-lo, ou seja, também ficou próximo de mim sem prestar atenção nos meus movimentos. Soltei o pé, atingindo sua boca, foi mais outro a cair com o rosto sangrando. Agora estava só o Cleisson na minha frente, com a faca na mão. Então captei o medo dos dois caídos no chão e o transferi para ele; em conseqüência, não suportando tanto medo, jogou a faca o mais longe que pôde para o meio do mato e partiu com punhos cerrados para cima de mim. Fingi que daria um chute com o pé esquerdo, ele pôs as mãos para se proteger, mas chutei foi com o pé direito. Desajeitadamente, ainda virou as mãos para o lado do chute, mas não é fácil segurar um chute meu desses. Foi sua própria mão que, não conseguindo deter o chute, bateu no rosto, pondo seu supercílio para sangrar abundantemente. Cambaleou, mas ainda voltou em minha direção. Para sua surpresa, o agarrei e o puxei para junto do meu corpo, acertando-lhe uma joelhada na coxa que o pôs por terra se contorcendo. Nisso o Juninho havia se erguido cambaleante, mas, apavorado, apenas olhava o irmão gemendo no chão.

Então resolvi diminuir seu medo. Estava tudo muito fácil, e esses estupradores mereciam apanhar mais. Assim, menos sufocado pelo medo, ele partiu para cima de mim com uma seqüência de socos que eu, claro, aparei sem nenhuma dificuldade. Quando parou, dando-se conta de como me era fácil detê-lo, e viu que eu sorria, o medo voltou, vindo dele mesmo, nem precisei infundir-lhe mais nada. E eu disse: "Agora vou quebrar a sua cara." Ele protegeu o rosto com os dois braços, e recebeu foi um soco na boca do estômago que o fez rolar pelo chão vomitando. Lucineide se aproximou pedindo para que eu parasse de bater neles, estavam todos caídos no chão. O bonitão estava imóvel, mas, lendo-lhe a mente, vi que estava fingindo. Pude até mesmo ver através de seus olhos, que estavam só semifechados, como me via. Do ponto de vista dele, eu parecia enorme e ameaçador. Tive de rir: "Ô bonitão, pára de se fingir de morto e levanta, senão aí é que eu te mato mesmo." Imediatamente se levantou: "Já 'tá bom, não bate mais." "Mas só quebrei o seu nariz, ainda falta tirar uns dentes." As lágrimas começaram a escorrer pelo seu rosto. "Vamos, todos levantem, a Lucineide quer ver se vocês ainda estão vivos." Os outros dois se ergueram do chão, mas permaneciam encurvados. Foi quando percebi, através do olhar mareado de Cleisson, algo que lhe dava uma sensação de alívio; era a imagem do pai dele saindo da casa com uma espingarda na mão. Mas eu já estava guiando a raiva do pai na direção dos filhos, não na minha. Irradiei para o pai a idéia de que os filhos estavam de novo tentando estuprar uma menina. Ele se aproximou e começou a vociferar: "Seus veados, será que vocês só conseguem pegar mulher à força?!" Quando chegou ao meu lado e viu a Lucineide agora chorando (ela estava com medo de que o pai deles fosse atirar em mim), pensou que era ela a vítima dos filhos e disse: "De novo ela! Vocês são a minha desgraça." Mentalmente ordenei que esquecesse da arma e retirei-a de sua mão. Ele foi até o Cleisson e deu-lhe uma bofetada; depois pediu desculpas à Lucineide e à Lucimar, garantindo que iria pôr os filhos na linha. Antes de entrar no carro, arremessei a espingarda para bem longe no meio do mato. O pai nem se lembrava mais dela. Ele estava tomado pelo medo de os filhos serem processados e ficarem na cadeia. Ele sabia quem eu sou, e isso o deixava com mais medo ainda. Dizia para si: "Não se mexe com essa gente." Depois ele passou a lembrar repetidamente de uma frase: "Estuprador morre logo na cadeia; fazem eles de mulherzinha até matá-los." Ouvira isso uma vez, agora era só essa frase que ecoava na sua cabeça.

VI

Voltando para casa com as duas Lucis, tinha ainda muito a fazer. As duas primas nunca tinham feito ménage à trois. Era hora de seduzi-las a isso. Embora cada uma delas, assim eu podia perceber mentalmente, estivesse a fim de dormir comigo — tinham até jocosamente sussurrado entre elas de tirar a sorte —, minha tarefa, depois de tanta pancadaria, era a de seduzir as duas ao mesmo tempo. Elas agora me chamavam de Darth Vader.

Mas ainda era hora de testar mais uma vez os meus poderes. Se eu tinha poderes, então tinha de usá-los. Estávamos só nós três; elas, se preferissem, poderiam guardar como um segredo entre elas este ménage. Portanto, não as estava expondo a nenhuma vergonha. Assim, pus uma música no CD e, como se as tivesse convidando para dançar, mas mentalmente causando nelas uma excitação sexual intensa, fiz com que as duas se levantassem das poltronas. Em vez de dançar, abracei a Lucineide e, apesar dos tantos dentes, a beijei saborosamente. Daí abracei a Lucimar e, do mesmo modo, a beijei. Enquanto a beijava, contive a repulsa que crescia na Lucineide e a modifiquei em excitação. Fiz que ela pensasse estar fazendo uma coisa muito moderna, muito no hábito do Rio de Janeiro. Mas foi ela mesma que seguiu raciocinando que, se queria ir morar no Rio de Janeiro, teria não só de se acostumar com essas coisas, mas também de fazê-las sentindo um sincero prazer.

A Lucimar gostou do beijo, mas não gostou de que eu a estivesse pondo numa transa junto com a prima. Mas consegui transferir da Lucineide para ela um pouco do sentimento de que ela não podia parecer caipira e que tinha que transar a três com naturalidade. Mas a Lucimar resistia. Ela lembrava que já tinha transado com dois homens ao mesmo tempo. E que tinha transado com uma mulher, e não tinha gostado. O problema era que ela se achava muito bonita para ter de estar dividindo um homem, ainda mais com a prima feia e dentuça. Vi que esse era seu maior problema: a prima ser feia.

Contive, porém, sem dificuldade sua repulsa pela prima. Assim, fui retirando-lhe a roupa. Quando ficou nua, a

Lucineide, para não ser deixada de lado, também tirou a roupa, mas por ela mesma, o que serviu de pretexto para que a Lucimar, despida por mim, se achasse a principal mulher na transa. Além disso, quando lhe tirei a camiseta e lhe acariciei os seios, disse: "Você é linda." Não disse nada disso para a Lucineide, que nem parecia esperar ouvir uma coisa dessas. Depois, ainda deixei a Lucineide me lambendo, o que ela fazia magistralmente, enquanto beijava na boca a Lucimar, acariciando seu clitóris. Foi ótimo, ao menos para mim; as duas, porém, em nenhum momento se tocaram. Sem dúvida, em São José não haviam ouvido ainda falar em lesbian chic.

VII

No dia seguinte, resolvi ir para Barranqueiras. Considerei que meu treinamento em São José das Pedras já era suficiente. Queria treinar numa cidade maior. As duas Lucis quiseram ir comigo. Mas lá nos separamos. Disse que queria andar um pouco sozinho pela cidade. A cidade não chega a ser grande. Na verdade, todo o movimento parece se concentrar em uma pracinha central. Lá fiquei sentado todo meu primeiro dia em Barranqueiras. Fingindo que lia um livro, ia lendo era a mente de cada um que passava e sentava em algum banco da pracinha. À tardinha havia um pequeno teatro de marionetes que distraía as crianças. Mas na maioria eram idosos que freqüentavam a praça, de modo que aprendi muito sobre a história da cidade. Soube que vinte anos atrás a figura mais importante da cidade era um certo padre Orlando. Mas havia também um juiz aposentado que foi prefeito por vários anos. Além disso, treinei me distanciar dos sentimentos que percebia nas pessoas. Vi vários casais de namorados, mas não me deixei contaminar pelo desejo de nenhum deles. Enfim, não fiquei querendo dar em cima da namorada de ninguém, ainda que, pelas lembranças dos namorados, eu pudesse visualizar perfeitamente o formato dos seios das meninas e mesmo chegar a senti-los tatilmente. Mas continuei tranqüilo. Acho que a transa com as duas Lucis tinha me deixado sexualmente satisfeito. Elas, individualmente, me convidaram a sair à noite, mas preferi ficar no hotel. Como o hotel estava vazio, fiquei monitorando tudo o que se passava na casa ao lado. Percebi toda a vida da família Peixoto, e as muitas coisas que as pessoas evitavam falar, coisas que retornavam na mente das pessoas da família, mas que preferiam nem comentar; coisas que elas até queriam falar, mas que consideravam mais prudente silenciar. Vi, assim, que o seu Edgar freqüentava o bordel da cidade e que tinha lá uma prostituta preferida. A dona Cândida rezava pela mãe dela que tinha morrido de câncer de mama. A filha não conseguia decidir se gostava ou não do namorado; e nem eu, por mais que observasse os pensamentos dela, poderia dizer se ela gostava ou não. O filho mais velho, recém-casado, que morava lá com a esposa, estava fazendo um curso de mecânica para ir trabalhar na oficina do tio e, de fato, quase só pensava no que estava estudando; de resto, ficava fantasiando tornar-se dono da oficina quando o tio morresse; eu diria que ele era obsessivo. A mulher dele dava aula de matemática numa escola municipal a dois quarteirões dali e passava a noite corrigindo deveres; a aluna preferida dela era uma certa Cecília, filha de uma outra professora da mesma escola. Enfim, não havia nada de extraordinário, nada que desse uma peça de Nelson Rodrigues. É claro que, quando uma pessoa pára e vai repassando toda a vida sexual, a primeira impressão é de devassidão, mas depois é possível constatar que, pelos tantos anos de vida, o número de parceiros (sem contar, é claro, as putas ou relacionamentos compulsórios) dificilmente chega a duas dezenas, mesmo em uma cidade do interior onde não há nada melhor para fazer. Assim, aproveitava a tranqüilidade da cidade para ir me aperfeiçoando transmentalmente. Passei a conseguir ler alguns pensamentos subconscientes. E consegui até mesmo "lembrar" de coisas que a própria pessoa nem mais lembrava. Nas primeiras vezes em que eu remexia o subconsciente de alguém, essa pessoa também lembrava o que eu estava resgatando no subconsciente dela, mas acabei aprendendo a eu "lembrar" sem que a própria pessoa o fizesse. Uma vez a dona Cândida havia perdido seus óculos; precisava sair mas não os achava; quanto mais se apressava, menos ela procurava de um modo eficiente. Vasculhando sua mente, lembrei que a última vez que ela estava com os óculos foi quando lia o jornal. Então soprei-lhe a idéia de procurar embaixo do jornal que estava desarrumado sobre a mesa. Ela até já havia remexido no jornal, mas sem convicção; finalmente, com a minha ajuda, os achou.

Despendi toda a semana com esses exercícios. As pessoas não entendiam o que eu afinal estava fazendo naquela cidadezinha sem graça, ainda mais se eu tinha uma casa bem ali perto em São José das Pedras. Ninguém me perguntou nada, mas eu lia isso na mente de quem falava comigo. Precisava, portanto, para me manter despercebido, mostrar que estava me divertindo. Então rastreei mentalmente onde estava a Lucimar e a atraí até o hotel. Como eu queria vê-la novamente na mesma minissaia que estava usando na primeira vez que a vi, a fiz passar antes em casa para que trocasse de roupa. Ela resistiu, porque se lembrava muito bem que usara aquela mesma saia em São José; mas fiz que não gostasse de nenhuma outra roupa que experimentou, de modo que ela veio mesmo foi com aquela saia. Assim, sem me mexer da cama, a Marzinha bateu à minha porta. Chamei-a para entrar e logo começamos a transar. São fantásticos esses poderes mentais: eu fazia com que ela ficasse cada vez mais excitada comigo, e eu, a vendo assim fora de si, também ia ficando cada vez mais excitado. Quando eu estava chegando ao orgasmo, transferia o meu orgasmo para ela; transferi duas vezes, na terceira gozei eu mesmo. Caímos exaustos na cama. Foi uma transa pirotécnica. Depois, sabendo que ela ainda tinha de encontrar com o namorado novo, ainda que não me tivesse falado disso, falei que iria ficar escrevendo à noite, e ela se foi. Quando saiu, fiquei, porém, melancólico. Minha impressão era que tinha transado comigo mesmo. Era como se tudo não tivesse sido senão uma complicada masturbação. Eu infundi tesão nela para ela me excitar e me levar ao orgasmo. Era tudo de mim para mim mesmo. A Lucimar estava o tempo todo tentando pensar no namorado, mas eu desviava as idéias dela para que só pensasse em mim. Além disso, a fazia ficar excitada com o meu beijo, o meu cheiro e as minhas carícias nos seus seios. Foi como se ela fosse somente uma tela em que eu projetava tudo o que eu imaginava que uma menina devia fazer na cama comigo. Nada me surpreendeu. Eu mesmo tinha determinado o momento em que ela gozaria. Vi que eu precisava encontrar uma mulher que ficasse com tesão em mim por ela mesma. Algum tempo atrás andei cismado que as mulheres se interessavam era por eu poder pagar restaurantes caros ou hotéis confortáveis em Itaipava; aprendi que era só eu namorar mulheres já com dinheiro que isso ficava minimizado. Agora, entretanto, o problema se originava em mim mesmo. Tinha que me impedir de ficar guiando mentalmente o que uma menina faria.

Como estava insatisfeito, como me senti precisando de um carinho que não fosse provocado por mim mesmo, resolvi sair. Muita gente estava na praça na tarde de sábado. A essa altura já havia aprendido que algumas pessoas têm a mente mais densa; é mais custoso ler o que elas pensam. Outras pessoas têm uma mente límpida; entra-se e sai-se dos pensamentos delas com toda a facilidade. Além disso, há as pessoas que eu diria serem espontâneas demais, pois elas falam e agem sem quase nunca pensar antes o que farão; essas pessoas simplesmente falam ou fazem, ou seja, suas mentes estão quase vazias, mas de repente elas já estão fazendo algo. Fiquei passeando, apreciando os diferentes modos de as mentes se mostrarem. De certo modo, todas as mentes se mostram, e elas não são nem mais feias nem mais belas por se mostrarem mais ou menos. Tal como há pessoas que são graciosas ou brutais em sua expansividade, bem como atraentes ou apagadas em sua timidez, assim também as mentes, cada uma com seu modo peculiar de ser, independente do quanto sejam mais transparentes ou mais opacas, são, segundo seu estilo, mais ou menos belas. Em vista disso, já não conseguia apreciar a beleza de uma mulher sem levar em conta a beleza da expressividade mental dela. Não era mais principalmente a beleza do rosto ou o formato esbelto do corpo que me atraíam em uma mulher, mas a beleza física e mental como um todo. Andando pela praça, quando passava uma mulher, não cuidava de conferir como era a bunda dela, mas sim de sintonizar na mente dela para apreciar esteticamente sua expressividade transmental.

CAPÍTULO 2

A FUTURA ALIADA

I

Rodrigo chegou com jeito triste, de cara cansada, e arredio. Tentei me aproximar, mas ele estava distante, ou fazia força para se mostrar distante. Antes de falar, parecia repensar as palavras que já havia ensaiado. Logo me senti inquieta, rejeitada. Eu sentia que já sabia o que ele ia falar. Falei que estava com cólica; não estava, mas foi o assunto que me ocorreu para não deixá-lo começar a falar. Continuou mudo. Fiquei mais triste ainda, perplexa. Era como se o desespero dele tivesse passado para mim. Como se nos comunicássemos mesmo sem palavras. Como se transmitíssemos brutalmente os sentimentos de um para o outro.

O silêncio continuava. Eu sentia que lhe faltavam forças. Estava pálido. Era como se estivesse perdendo sangue. Já não tinha força para soprar uma palavra. Parecia estar com um peso nas costas. Agora eu me agoniava com essa falta de forças. Não queria que ele falasse. Mas a mudez, mais que o silêncio, me incomodava. Era insuportável esse embotamento. Era como se ele nem mais pensasse. O medo havia paralisado todo seu pensamento. O medo me incomodava. O medo de perdê-lo me atormentava todos os dias, mas não o queria com medo. Eu o queria forte. Queria um homem forte ao meu lado. Não um garoto que não tem forças nem para dizer que não quer continuar comigo: que tem medo de continuar comigo.

Seu rosto está inexpressivo. É como se todo o pensamento tivesse cessado. Não tenho mais como suportar. Quero agora que ele fale. Não quero continuar decepcionada com este medroso; não o quero medroso. Ele tem de ser homem ao menos no momento de nos separarmos. Quero que ele me soe mais forte. Quero ter a lembrança que namorei um homem que era forte e me protegia. Não agüento o espetáculo do medo. Ele tão forte, tão maior que eu. Eu franzina, acanhada, temerosa das pessoas e da vida; sempre submissa. Sempre deixei ele falar primeiro, e por último também. Sempre vi os filmes que ele queria, e gostava deles como ele gostava. Nós sempre fomos um casal unido. Temos histórias em comum. E as contamos de um modo engraçado, quase como encenando um jogral. Mas ele começou a querer brigar. Não sei brigar. Eu aceito. Sei que ele esteve querendo transar com a Lucimar. Ela me contou, mas disse que não aconteceu nada, que ele gosta muito de mim, que ficou nervoso e não fez nada, que só ficou falando de mim. Não sei por que a Lucimar, se é minha amiga, contou isso para mim.

Acho que ficou preocupada. Ele estava nervoso. Ele também quis me contar. Eu disse que já sabia. Ele ficou furioso: "Você aceita tudo!" Mas é ele quem está aceitando tudo. É ele quem está me aceitando mesmo depois de ter decidido se separar de mim.

Ele acha que está decidindo se fala para mim agora ou depois de ficarmos. Está excitado. Sempre está excitado. Mas sou eu quem sabe provocar a ereção nele. De início ele parece paralisado. Parece nem estar me vendo. Não tem ereção. Mas com jeito eu o deixo totalmente excitado, assustado de tão descontrolado. Mesmo assim diz que sou quietinha demais. Ele é que é quietinho e fica esperando por mim. Queria que viesse com toda a força sobre mim. Que nem perguntasse se hoje eu quero ou não. E que a ereção dele não dependesse de mim. Que fosse uma ereção sem eu nem tocar.

Está mais pálido ainda. Com medo. Não agüento mais esse medo. Não quero mais que ele adie as coisas. Não quero que o meu medo de perdê-lo se torne ódio ao seu jeito de fraco. Quero um homem forte, ainda que use sua força para dizer que não me quer. E ele grunhe uns sons ininteligíveis. Limpa a garganta. Olha para mim. Nem sempre olha para mim. Se me olhasse mais, talvez a excitação viesse apenas dele mesmo; a não ser que me ache feia, ou sem graça. E ele me olha. Gosto de vê-lo agora com mais forças. Fico até feliz de vê-lo mais forte. Fico mais bem-disposta. Estou menos desesperada. É como se agora também minha boa disposição passasse para ele. Enfim, mais confiante. Finalmente a agonia vai terminar.

Surpreendentemente, sua voz está firme: "Estive pensando muito, Claudinha; não podemos mais continuar juntos." Continuei em silêncio. Ele se irritou: "Você só fica em silêncio. Não diz nada? É isso que não dá. Sou sempre eu a dizer as coisas." Não é ele quem comanda o sexo. Ele sabe disso. Isso está bem claro. E é isso que não quer admitir. Tem medo de admitir. Queria que ele superasse o medo. "O que acontece é que estou viciado na sua passividade." Eu continuava no meu silêncio. "Você não fala nada. Fica aí desenxabida. Não me dá tesão. Mas você vai e pega no meu pau, e ele sobe. É como se não fosse eu. É como se a ereção fosse sua. É como se meu pau fosse seu. Não sou eu. Não quero. Por mim não acontecia nada. Estou pensando em outra menina. É a sua mão. É o seu jeito de quem está subjugada. Mas não sou eu quem está subjugando você. Aí fui transar com a Lucimar e não tinha ereção. E eu queria. Eu estava com tesão. Mas o pau não sobe. Hoje à tarde eu estava com a Joana. Todo mundo já comeu ela. Tem uns peitões gostosos. Mas eu não tinha ereção. E sei que é só você segurar o meu pau que ele sobe." Arrisquei ainda dizer uma coisa, a última coisa, para prendê-lo a mim: "Você gosta de mim. Nós nos damos bem." Mas ele se exaltou. Não, não se exaltou, era como se fosse ensaiado. Havia previsto que eu iria dizer isso. Mas agora parecia acreditar que estava irritado. Na verdade, ele era muito bonzinho e poderia ter ficado comigo a vida toda. Eu já quis isso, mas agora estava cansada desse medo todo. Agora eu queria me separar. "Só ainda não me separei de você, Claudinha, porque sei que o Joca vai vir logo comer você. Ele dá em cima de toda menina que se separa. Até em cima de você ele vai dar. Enquanto isso vou estar broxando com mais alguma menina por aí." Fiquei com pena dele, acho que ele é quem estava com pena dele mesmo. Resolvi que não ia mais prendê-lo. Ia deixá-lo livre. Se ele dizia, devia ter razão. Acho que o estava sufocando. "Então vamos separar?!" Falou como se estivesse surpreso com suas próprias palavras. "É estranho falar isso. É também como se eu não estivesse falando." "Mas eu é que não estou falando isso." O melhor era ele ir embora. Aí ele se levantou e foi saindo. Queria falar algo. Não queria sair calado. Talvez tivesse ensaiado uma fala final. Mas estava perplexo demais para que qualquer pensamento lhe ocorresse. Ele andava como se seu corpo estivesse sendo levado. Fiquei de novo com pena dele. Queria que ele fosse mais forte.

Ele saiu. Fiquei me sentindo cansada. É como se eu tivesse feito um grande esforço. Mas eu tinha ficado calada quase o tempo todo. Eu tentava relaxar, mas ainda sentia a confusão dele. O que estranhei é que me parecia que ele tinha razão. Parecia que ele tinha me dito algo que eu já sabia, mas não queria admitir.

II

Esta noite então eu ia ficar sozinha em casa. Mas logo me deu vontade de ligar para a Lucimar. Ela era minha amiga; mas eu não devia ligar para ela se ela tinha dado em cima do meu namorado. Minha dúvida era se era eu mesma quem estava querendo ligar. Era como se eu estivesse tentando adivinhar o que o Rodrigo ia fazer. E era como se eu pudesse mudar isso. Mas já tinha resolvido que ia deixá-lo levar a vida dele. Acho que ele tinha razão: eu o sufocava. Mas será que o sufocava assim a distância? Será que a ereção dele era causada por mim? Será que a ereção dele era minha?

Sempre admirei e me surpreendi com a ereção dos homens. Comigo quase sempre era assim: eu ia a uma festa e ficava tímida. Fugia dos olhares. Não conseguia sustentar meu olhar nos olhos de um garoto. Minhas amigas me dizem que às vezes é bom mostrar que está a fim. Mas e se não sei se estou a fim? O que fico pensando é se o garoto está a fim. Minha impressão é que eles nunca estão a fim. Mas eu espero. Às vezes eles me trazem para um canto para me dar uns beijos. Sei que é importante para ir criando a idéia. E, de fato, mais para o fim da noite um garoto, em geral aquele por quem eu mais mostrei simpatia, vem puxar uma conversa. É o momento mais difícil. Não sei muito conversar, ao menos nesses momentos; quanto mais me esforço, mais me parece que o garoto está falando o mesmo que eu penso; aí sempre concordo com ele, e às vezes ele acaba meio aborrecido. Vendo que não agradei muito, mas, como não gosto de ficar sozinha, me disponho a compensar com um agrado. Quer dizer, se o garoto me convida para ir para a casa dele ou algum lugar assim, finjo hesitar um pouco, mas aceito. Acho que quase nunca falo que sim; só vou indo junto. Minhas amigas dizem que não gostam de transar logo na primeira vez. Elas dizem que, se for muito fácil, eles desistem, que eu tinha de me valorizar mais. Só que sinto que se eu, que não converso, não fizer um agrado, o garoto vai atrás de outra. Então, na hora que estamos na cama, o garoto parece entusiasmado, ou faz um esforço para isso. Quando fui para a cama com o Rodrigo pela primeira vez, ele parecia meio chateado, mas disse que estava cansado; e, tirando a calça, estava com uma ereção. Fiquei quieta. Não estava a fim. Estava ali com ele só para ver se começávamos a nos entender. E eu sabia que não queria. Então, quando ele pôs a camisinha, o pau dele murchou. Ficou confuso. Ele sempre fica confuso. Aí me pediu desculpas, disse que tinha acabado há uma semana com a namorada, que não queria mais ficar com ela, mas que ainda era difícil para ele. Continuei calada. Mas, vendo ele ali do meu lado, nu e indefeso, derrotado, entendi sua angústia. Já tinha visto isso antes. Ele estava arrasado. A namorada o tinha deixado por outro, e ele estava imaginando ela com o outro enquanto ele estava ali impotente. Precisava transar para não se sentir humilhado. Depois de um namoro longo, para um garoto, essa primeira transa parece importantíssima. Nunca tive uma coisa assim, mas estava entendendo. Eu estava calada, mas não sei por quê, tenho de reconhecer que foi um pouco por maldade, falei: "Foi ela que deixou você." Ele ficou assustado, mas não disse nada. Era como se eu tivesse visto o que ele estava pensando. Deixei o espanto dele diminuir um pouco. Cada vez mais eu queria consolar aquele garoto desesperado. Para ele era importante transar para se libertar da ex-namorada. Também não queria que ele dissesse por aí que sou fria e que por isso ele não conseguiu. Sentindo-se um derrotado, poderia até dizer uma coisa dessas contra mim. Se bem que eu nunca contaria se um garoto falhasse. Comigo, até ali, nunca ninguém tinha falhado. Acho que não suportaria ver um garoto embaraçado com um fracasso. Comecei a mexer no pênis dele. Não queria lamber. Minhas amigas dizem que eu não deveria fazer isso nunca na primeira vez. E não fiz. Mexi um pouco. De novo ele se espantou. Depois se acalmou. Parecia que estava gostando, mas nada acontecia. Então ele disse para eu parar, que ele não estava a fim, que tinha sido errado ele me trazer para ali. Eu me senti sendo mandada embora. Pensei de novo em apelar para o sexo oral, mas vi que não era o caminho. Então eu disse: "Relaxa." Ele, sem forças para me contrariar, ficou quieto. Acho que o cansaço o venceu. Foi só ele fechar os olhos que começou a crescer. Eu estava gostando. Ele disse: "Assim está bom." Comecei a sentir uma excitação. O pau dele foi ficando enorme. Ele olhou para o pau como se nem fosse dele e abriu uma cara de felicidade. Sentiu que ia conseguir. Estava livre. Foi quando, vendo-o sorridente, achei que ele até era bonito.

Foi tudo bem típico. Com outros garotos foi também meio assim. Primeiro, distância: era como se mal me vissem. Depois, umas aproximações. Então, uma abordagem, mas que não resultava em atração. Na cama, no começo não engatava; eu achava bom que não acontecesse logo, pois eu, de início, não queria; depois, conhecendo mais o garoto, as coisas aconteciam; e aconteciam quase sempre com os garotos ficando com cara de surpresos. Por isso que gosto desse negócio de ereção. Mas fiquei cismada com o Rodrigo ter falado que a ereção não era dele. Sempre achei que as ereções eram dos homens. Quando eu mexia num garoto, ou lambia, era com a idéia de ir buscar uma ereção que era dele. Mas não era dele! Sempre me senti passiva nessas coisas. E gostava de ser assim, de deixar que o garoto me levasse, de nem dizer que sim nem que não, mas ir para a casa do garoto. Quando eu ficava só quieta, ou paralisada — como já me disseram —, aí que eu gostava mais; não que eu sempre gozasse, mas por sentir aquela força toda, de um garoto grande sobre mim, suando, resfolegando, me protegendo. O que era estranho é que, às vezes, sobretudo quando eu tinha sido totalmente passiva, sentia como se fosse eu quem estivesse no controle de tudo; daí que eu ficava mais quieta ainda. E quando eu ficava mesmo totalmente quieta, foram as vezes em que o garoto vinha de novo com mais ímpeto ainda. Uma vez um garoto, quando estava no vaivém, ficou rindo e dizendo que não sabia de onde ele tinha tirado tanto tesão. Enquanto isso, eu estava quieta, mas com muito tesão. E será que a ereção, todas essas vezes, era minha? Será que era a minha vontade que causava essas ereções?

Comecei a rir. Seria muito engraçado se esses machões estivessem submissos a mim; fossem meus escravos sexuais. Mas, rindo assim, me senti leve. Estava gostando de ter um poder assim. E só me imaginar com esse poder já me fazia sentir diferente. Se eu chegasse mesmo a ter esse poder, no que será que eu mudaria?

Meu devaneio de poder foi logo embora, mas não a sensação de que eu tinha esse poder. Essa sensação me fazia me sentir segura. E tão mais segura que já nem mais pensava no Rodrigo. Ainda assim, achei que deveria ajudá-lo. Sabia que ele estava com a Lucimar e que ia broxar. Queria que ele se sentisse livre. Mas precisava saber se eu estava mesmo certa, se conseguia mesmo guiá-lo. Tinha de esclarecer de quem tinham sido as nossas ereções. Em todo caso, era errado que eu o ficasse sufocando. Os garotos muitas vezes usam as meninas; é o caso desses que vão transar com uma menina só para se sentirem livres de uma outra. Não vou fazer isso. Se usei as ereções, usei-as tanto para mim quanto para os garotos. E as usei com o consentimento deles; eles tiraram a roupa porque queriam.

Sentia que o Rodrigo estava com a Lucimar e que estava pensando em mim. Será que estava mesmo com a Lucimar? Será que consigo sentir como ele está? Então liguei para o celular da Lucimar. Ela atendeu. Percebi que ela estava meio embaraçada. Aí eu disse: "Deixa eu falar com o Rodrigo." Ela disse que ele não estava com ela, mas eu disse que nós éramos amigas há muito tempo, que não tentasse mentir. Ela passou o celular para o Rodrigo. Ele estava, como sempre, confuso. Disse que eu estava em casa, que estava triste, mas entendia o lado dele e ia dar força para ele. Sussurrou um "'tá bem". É como se agora o mudo fosse ele, não mais eu. Era, de fato, como se quem fosse forte e ativa fosse eu. Ele não entendeu por que eu tinha ligado. Mas eu sabia que, dizendo que estava em casa, ele ia ficar mais tranqüilo, não ia ficar imaginando que eu estava com um outro garoto. Senti também que ele tinha ficado tão aliviado que já estava dando beijos na Lucimar. O que aconteceu foi que fiquei me sentindo mais confiante ainda porque vi que podia controlá-lo a distância e que estava agora começando a lidar com essa energia mental de tal modo que conseguia suspendê-la. Fiquei curiosa em testar se conseguiria causar uma ereção em alguém que não estivesse nem pensando em transar comigo. Tantos anos sendo passiva. Tantos anos aceitando as ereções que chegavam a mim. Agora eu sentia que elas eram minhas, em grande parte minhas, ou mesmo, no caso do Rodrigo, totalmente minhas.

Então me vesti e saí para passar isso a limpo. Estava decidida a causar uma ereção. Mas, ao entrar no elevador, logo pensei que, se eu procurasse, estaria viciando o meu teste. Quando cheguei na portaria do prédio, resolvi que não sairia dali, que eu iria testar se tinha ou não algum tipo de controle sobre as ereções sem precisar sair na rua. Fiquei sentada na portaria até que veio entrando a minha vizinha do andar de cima com o filho mais moço. O filho mais velho já tinha elogiado uma vez o meu vestido, era um cara musculoso, professor de educação física, com jeito de surfista cafajeste. Mas esse garoto era até meio afeminado. Não parecia gay, mas era delicado; devia ser virgem. O garoto não me animava, mas era um teste. Quando a vizinha falou: "Tudo bem?", disse que estava me sentindo um pouco mal, talvez com febre. Como ela sabe que moro sozinha, perguntou se eu precisava de alguma ajuda. Perguntei se tinha um termômetro e subi junto com ela. No apartamento dela, pus o termômetro; não tinha febre. Aproveitei para ficar conversando com o garoto. Vi que ele estava lendo Clarice Lispector. Um garoto que lê Clarice não parece que seja muito habilitado para ter uma ereção com uma mulher. Mas foi só isso que consegui criar de comum com ele; também fiquei com o número de telefone que a mãe me deu no caso de eu precisar de mais alguma coisa. Liguei meia hora depois, agradeci os cuidados dela, disse que tinha achado meus livros de Clarice e perguntei se o filho dela não queria ir lá pegar algum emprestado. Logo depois apareceu o garoto. Ele não estava tímido; o entusiasmo dele por Clarice era tal que ele tinha esquecido a timidez; ele queria emprestado *Água viva*. Eu o estava esperando só de camiseta, mas ele nem reparou nisso. Só que eu tinha posto os livros em cima da estante. Pedi para ele pegar a escada e fui logo subindo de modo que ele visse bem as minhas pernas; mas ele nem olhava. Vi que seria um bom teste. Porém, quando eu estava na escada, me senti ridícula: não devia estar recorrendo a esse tipo de artifício para seduzir o menino; afinal, meu propósito era testar se conseguia ou não influenciar o tesão de um homem. Acho que, se eu estava agindo desse modo tão atípico para mim, que nunca havia me exibido para seduzir ninguém, para mim que sempre fui recatadinha, era porque estava sentindo esse novo prazer de comandar. Mas tinha me proposto uma tarefa. Assim, entreguei a ele o *Água viva* e me recostei no sofá, concentrando-me para tentar atuar em sua mente, causando uma ereção. Quando abri os olhos, o menino estava me olhando com aquela cara de perplexidade que já vi tantas vezes. Senti que ele estava com uma ereção incipiente por debaixo da bermuda. Como que por reflexo, olhei para a gaveta da mesa do computador, ao lado dele, onde há camisinhas. Queria que ele pegasse uma, e ele fez como eu estava pensando: acompanhando meu olhar, ele abriu a gaveta certa, e pegou a camisinha. Quando chegou junto ao sofá, levantei-me tirando minha camiseta e abaixei a bermuda dele. Como eu queria, lá estava a ereção. Sentei-me, peguei dele o pacotinho já rasgado e vesti a camisinha no pênis dele, ereto, mas ridiculamente fino. Daí foi tudo rápido. Eu não queria demorar. Não estava transando porque queria. O que eu queria já tinha comprovado: conseguia causar a ereção em um ser humano masculino. E será que eu conseguiria influenciar animais? Depois de gozar, ele sentou na outra ponta do sofá com a cara feliz. Vi logo que ele tinha perdido a virgindade; havia se livrado de um peso. De certo modo, eu também havia perdido a minha virgindade, a masculina; afinal essa foi a primeira transa minha em que eu comandava a ereção, em que eu conscientemente assumia o papel do homem, quer dizer, do garoto, ou antes, do criançola. Será que eu conseguiria controlar com a mesma facilidade um homem adulto?

III

Logo tive a resposta a esta minha última pergunta. Já estava na cama quando a campainha começou a tocar. Primeiro pensei que fosse o Rodrigo, mas, como eu estava certa de que ele tinha transado com a Lucimar e estava livre de mim — e eu dele —, não podia ser ele. Se fosse, então seria porque eu estava enganada, não só quanto a ele, mas quanto a isso que poderia chamar de poderes psíquicos. Por isso, quando fui olhar no olho mágico, estava temerosa: será que afinal eu não tinha poderes? Quem estava lá, com um riso debochado, era o irmão mais velho do meu vizinho afeminado. Abri a porta, e ele galantemente perguntou se poderia entrar; porém, grosseiramente já meio me empurrou e entrou. Agora, com um sorriso cínico, ele perguntou: "Você tem um livro da Patrícia Inspéctor?" Automaticamente o corrigi: "Clarice Lispector." "Você nos fez o favor de tirar a virgindade do meu irmãozinho. Eu já estava pensando que ele era veadinho." Concentrada, olhando para ele, podia entender que ele viera com a intenção de me comer. Sorri. Era uma situação curiosa. Iniciei um garoto frágil à vida sexual; de certo modo eu o violentei; talvez ele nunca mais na vida voltasse a fazer isso com uma mulher; enfim, foi uma transa sem graça e que só aconteceu porque eu usei meu poder; e agora me vem um bonitão desses. Estava excitada com a situação. Gostei porque podia voltar a ser passiva. Não precisava fazer nada. Ele queria me comer, e eu queria fazer como sempre fazia, queria deixar de lado esse meu poder, queria que ele enfiasse com toda a vontade um pau duro na minha xoxota. Eu ainda estava só de camiseta. Ele me beijou. Foi um beijo carinhoso. Senti a ereção dele por debaixo da calça. Ele tirou minha camiseta. "Você agora vai ter uma foda boa; aquele veadinho não sabe transar; não sabe nem tocar uma bronha." Fiquei nua e sentindo-me desamparada, mas esperava que ele me esquentasse e protegesse. Ele era grande e musculoso, com gestos decididos, um pouco violentos; eu estava com uma ponta de medo, excitada. Ele — sem ter falado mais nada — me empurrou até a cama, arriou as calças, calcanhou-as e já estava nu; nem vi ele tirando a camisa, olhava para o seu pau quase todo ereto; o pau dele era grosso, não era como o do irmão, não era longo, mas a cabeça era grossa. E eu não havia mandado naquela ereção. Abri o pacote de camisinha que ele jogou na cama ao tirar a calça e fui devolver para ele, mas ele não pegou. "Põe você." Obedeci, e me deitei com as pernas abertas, esperando. Mas ele me surpreendeu. Comecei a pensar que talvez o melhor, o mais seguro, fosse sempre eu estar, preventivamente, lendo o que um homem pretendia. "Vira a bundinha. Vou comer seu cu. Vai doer um pouquinho. Você vai ver o que é foda de homem." Não gostei. Não gosto de sexo anal. E já estava contando que ia ser na xoxota. Estava até bem molhadinha. Meu medo aumentou. Ele foi me pegando, me virando de bruços. O pau dele estava duro e enorme, como o de um artista pornô. "Sente só o que vai aí dentro. Vou devagar para você não gritar." Ele me pegava com violência. Eu não estava gostando. Ele lubrificou meu cu com uma pomada que não sei de onde ele tinha. "Vou alargar primeiro com os dedos. Relaxa. É só você relaxar que também vai ser bom para você." Mas eu não queria. E não queria usar meus poderes. Mas com ele enfiando assim dois dedos doía. Falei "ai", mas ele disse que meu gritinho estava aumentando o tesão dele. Então resolvi me concentrar. "Isso mesmo, agora você está relaxando." Apesar da dor por ele ficar alargando com os dois dedos, eu estava conseguindo me concentrar. De início senti uma repulsa de entrar nos pensamentos dele: era difícil agüentar a violência mental dele. Era como se eu visse pelos olhos dele o meu ânus sendo alargado. Ele pôs mais pomada. "Muito bem menina. Está relaxando." De fato, meu cu estava relaxando; talvez eu já agüentasse o pau grosso dele, mas ainda doía, e eu não queria. Doía, mas eu estava distante da minha dor. Estranhamente sentia a excitação dele. E sentia como aquela excitação visual descia para o pênis. Foi quando ele retirou os dedos e veio aproximando o pênis duro que me descolei do fluxo mental dele e, como que agora olhando de fora os pensamentos dele, interrompi a comunicação da mente dele com o pênis. Assim, quando ele encostou a glande para enfiar, o pau foi ficando flácido. E ficou totalmente flácido. Vi a surpresa dele. Vi a raiva subir-lhe à cabeça. Ele começou a me sacudir. "Eu disse para você relaxar, não para você ficar molenga como um saco de roupa suja! Assim não dá tesão!" Na minha moleza, que era um estado de concentração profunda, até quis debochar dele, rir dele, humilhá-lo pela falha, mas isso aumentaria a raiva dele, e era desconfortável para mim controlar aquela raiva toda. "Porra! Como aquele veadinho conseguiu comer você? Você é muito sem graça. Fica aí parada, nem se mexe. Será que vou ter que bater em você?" Então resolvi agir sobre a violência dele. Fiz força para acalmá-lo, para deixá-lo triste, deprimido. Rapidamente, ele se aquietou. Foi para a sala e sentou no sofá. Vesti uma calça, pus uma camisa grossa e, mantendo-me concentrada, fui até a sala. Ele estava com cara de raiva, mas eu o tinha esvaziado de toda a fúria. Ele também já estava vestido. "Hoje já transei com a minha namorada. Volto aqui outro dia. Da próxima vez te trato com mais calma." Eu não só havia aberto a porta, mas o estava mentalmente mandando sair. Ele saiu.

IV

Quando fechei a porta, desabei de cansaço no sofá. Tremia e minha cabeça zumbia. Foi o esforço em controlar toda aquela violência. Mas vi que havia aprendido a manejar melhor minha força. Certamente, eu já tinha esse poder há muito tempo, mas não sabia. Talvez todos tenham esse poder, mas ninguém sabe disso. Algumas pessoas talvez o usem sem se dar conta. Talvez eu já o usasse sem me dar conta. Prostrada no sofá, fiquei pensando se não teria sido eu mesma que tinha causado quase todas aquelas ereções. Sentindo-me forte por causa deste poder, tive a lucidez de reconhecer que sempre fui muito quietinha e que, assim, de início, fazia os garotos broxarem aí é que, por ansiedade de eles dizerem por aí que sou frígida, eu provocava mentalmente as ereções. Só me dei conta disso porque o Rodrigo me disse que, para ele, parecia que as ereções dele não eram dele, mas minhas. E talvez fossem.

Agora eu tinha de arrumar um namorado que tivesse ereções por ele mesmo. Mas ainda tinha de me certificar de até que ponto eu de fato influía nisso. Logo me ocorreu que a melhor coisa para passar isso a limpo era ir lá e seduzir os garotos que sempre quis namorar e nunca nem sequer viam que eu existia. Em todo caso, agora me sentia meio mal nessas minhas roupas tão inexpressivas. Acho que sempre usei roupa para não ser vista. Tendo essa força de dominar os homens, mesmo os violentos, sinto-me mais confiante, capaz de sustentar os olhares que me inspecionam e como que me dão notas. Sempre fiquei constrangida quando saía com uma calça justa porque achava que, ao passar, os garotos olhavam para apreciar, ou desprezar, minha bunda; então eu punha uma bata longa que ocultava o contorno da bunda. Ora, agora eu podia fazer com que eles fossem para casa só pensando na minha bunda, magra ou polpuda, para se masturbarem. Aliás, resolvi invadir mais uma vez o cérebro do meu vizinho machão para fazer com que ele se lembrasse da minha bunda; excitei-o tanto que ele teve de se masturbar; o engraçado é que ele gozou contrariado, pois se sentia humilhado de ter falhado e agora ainda estar tendo de lembrar de tudo.

No dia seguinte, fui direto ao shopping comprar roupas. Resolvi fazer uma dívida no cartão, mas tinha de me vestir em acordo com o meu novo, e poderoso, estado de espírito. Comprei um vestido simples, de tecido fino, que valorizava as curvas do meu corpo de Winona Ryder. Depois fui ao cabeleireiro para dar ao meu rosto mais destaque. Tenho lindos olhos castanhos; finalmente iria mostrá-los para o mundo. Além do corte de cabelo expondo meu rosto, comprei uns óculos de armação tão fina que, quase desaparecendo, punham os meus olhos em evidência. O pouco que ainda se notava dos óculos era o quanto eles me davam ares de intelectual. Saí do shopping sexy e intelectual. Muito mais bonita do que essa cidadezinha me merecia. O boy da loja em que eu comprei jeans bem justos ficou de deixar, depois que as bainhas fossem encurtadas, todas as compras na portaria do meu prédio. Fui então para a faculdade e, quando entrava no prédio, reparei que quase todos os garotos me acompanhavam com os olhos; aos que não me olhavam eu dava ordens mentais para que o fizessem a despeito de estarem ou não com as namoradas bem ao lado. Quando cheguei na sala de aula, choveram elogios, os dos rapazes eram sinceros, os das meninas tentavam ser irônicos.

Tracei então a minha meta para hoje: seduzir o professor. A última aula de terça-feira era dada por um professor vindo do Rio de Janeiro. Ele era muito atencioso, trazia em xerox todos os textos aos quais fazia referência, e nunca tinha reparado que eu existia. Ou seja, havia me proposto como meta uma tarefa impossível. Todas as meninas bonitinhas da faculdade já haviam dado em cima dele, nenhuma teve qualquer resultado, digamos, palpável. Não seria eu, esse patinho feio, que iria conseguir isso. Mas não seria exatamente eu, mas sim minhas forças mentais.

Logo que começou a aula percebi que, apesar de toda a simpatia, achava que éramos todos ignorantes e provincianos. Ele passava a aula toda se lembrando de R$ 3.000,00, que era o que recebia para vir aqui uma vez por semana dar algumas aulas e se reunir com os professores para avaliar o andamento das disciplinas. Nunca havia reparado que ele nos detestava. Lembrei que uma vez, quando estava tentando ouvir meus pais por detrás da porta, minha avó me levou carinhosamente até o quarto dela e me disse: "Minha filha, quem ouve o que não deve, escuta o que não quer. Não fica ouvindo atrás da porta porque você pode acabar ouvindo das pessoas os desabafos delas, que costumam ser mais feios do que o que elas falam quando já esfriaram a cabeça. Você pode acabar ofendida à toa." Nunca mais tentei ouvir atrás da porta, exatamente porque passei a ter certeza de que os meus pais, quando eu não estava por perto, sempre falavam mal de mim. Mas agora eu estava fazendo ainda pior, estava ouvindo o que nem tinha sido falado. Estava escutando o que estava lá no íntimo daquele professor. Assim, eu estava aprendendo uma lição importante: eu precisava ser forte para suportar não só a raiva, mas também a frustração das pessoas. Passei quase a aula toda sentindo o tédio sufocante que aquele professor sofria por ter de dar aquela aula, para ele sem nenhum sentido, naquela cidadezinha longínqua. Percebi que ele algumas vezes lembrava de um bebê. Concluí que tinha um filho pequeno. E lembrava também de uma mulher que em geral estava com o bebê no colo. Supus que era casado, o que fazia minha tarefa ainda mais difícil. Gostei de o desafio de seduzi-lo ser ainda maior. Passei então a buscar um meio de me fazer notada. Achei que deveria fazer uma pergunta, mas teria de ser uma pergunta inteligente, só que eu não havia prestado atenção em nada do que ele estava falando. Ele falava da leitura que Derrida fazia de Lacan lendo *A carta roubada*, de Edgar Allan Poe. Mesmo vendo o que o professor pensava, não conseguia entender o que estava dizendo. Até que parou de falar. Quando ficou calado, havia um nome bem visível pairando em sua mente: Barbara Johnson. Aí vi ir se formando uma frase inteira em sua mente. Era uma conversa dele com ele mesmo: "Será que eu falo em Barbara Johnson? Será que vale a pena? Esses coitados nem sabem o que é desconstrução. Nem sei o que eles estão fazendo aqui. Será que falo que a Barbara Johnson tem críticas interessantes sobre Derrida?" "Professor, ouvi falar que uma Barbara Johnson comentou Derrida. É alguma coisa que tem a ver com o que você está falando?" Chutei a pergunta sem nem saber bem por quê; afinal, para mim, Barbara Johnson era um nome que nunca tinha ouvido na vida. "O que você já ouviu falar de Barbara Johnson?" Agora eu estava enrascada, mas acabei me safando: "Acho que li alguma coisa na internet, mas não lembro direito; acho que tem a ver com o que você está falando." "Sim, tem a ver. Ela fez uma crítica importante à crítica do Derrida a Lacan lendo Poe, mas acho que já é complicar muito. É uma crítica interessante, mas acho que por hoje já está bom falar só de Poe, Lacan e Derrida." "Mas sua participação nesse curso acaba hoje." "Sim, acaba. Mas tem o próximo semestre. Enfim, se você estiver interessada posso dar a referência do livro da Barbara Johnson e você o compra pela internet. Seu trabalho final pode ser um comentário sobre o texto dela." Tive de conter minha felicidade; minha pergunta me abriu caminho para falar e conversar com o professor depois da aula. Só o que eu precisava era tirá-lo da frente das minhas colegas para que o affair não gerasse conseqüências danosas para ele.

A aula terminou às nove e quarenta, estava faminta e o professor também. Ele propôs que fôssemos jantar se eu quisesse conversar ainda sobre a aula. Falou que costumava jantar num restaurante na pracinha perto do hotel onde ele ficava. Mas, quando entramos no carro, pedi que se desviasse um pouco do caminho porque o meu prédio só tinha porteiro até às dez horas e eu precisava levar para o meu apartamento as sacolas de compras. Ele parou o carro bem em frente à portaria, mas, quando viu que eu estava com oito sacolas, desceu para me ajudar. Assim, subiu comigo até meu apartamento, sem suspeitar que era eu quem o estava fazendo ser tão atencioso comigo. Quando entramos, perguntei se poderia esperar só um minuto para eu trocar de roupa, pois estava ficando frio. Ele sentou no sofá, e eu, em vez de ir trocar de roupa, abri um pacote de biscoitos para acalmar sua fome. Enquanto eu punha um dos jeans novos e escolhia uma camisa mais grossa, ele ia pensando se continuava ou não com aquelas aulas. Podia sentir mais do que nunca o quanto detestava aquele trabalho. Ele vinha até Barranqueiras só pelo dinheiro. Vi que até o nome da cidade ele achava horroroso. De fato, o nome é bem feioso. Quando saí do quarto, cuidei de influenciá-lo favoravelmente para mim, de modo que foi fácil eu ousar perguntar-lhe: "E que tal? Comprei este jeans hoje; ele está bem em mim?" Eu conseguia me ver através dos olhos dele. Pude ver como ele avaliava o formato da minha bunda e o tamanho dos meus seios. Fiquei feliz de que tivesse preferência por seios pequenos, senão ia ter de efetuar nele uma mudança de gosto. "Por que você comprou tantas roupas?" "Há muito tempo que eu não cuidava de mim. E eu mereço." "Sem dúvida, merece e está muito bem." "E você gosta do meu apartamento?" "Só vi a sala. Você mora sozinha?" "Meus pais se mudaram para Belo Horizonte. Depois que eu acabar a faculdade vou para lá, ou para o Rio de Janeiro." "E você consegue morar sozinha?" "Claro, já sou bem crescidinha. Pareço criança, mas tenho vinte e um anos." "Uma idade e tanto." Na medida em que íamos conversando, ia insuflando-lhe calma e aconchego. Agora ele já nem estava mais com pressa de sair. O pior da fome tinha sido contornado com os biscoitinhos, e o calor do apartamento tirava a vontade de sair. Enquanto conversávamos, seu rosto ficava às vezes inexpressivo, cansado, seu olhar se desfocava. Vi que estava se sentindo desamparado. Havia se separado da mulher, a tal com a criança, e simplesmente não tinha ânimo para viajar toda semana para dar aula para alunos tão fracos. Foi quando me dei conta de que ia ser fácil seduzi-lo. Se ele estava mesmo querendo largar este trabalho, então podia transar com uma aluna, porque, se isso desse algum problema (em geral não dá), aí é que ele saía mesmo. Além disso, homem desamparado gosta de transar: aumenta a auto-estima.

Agora que eu conseguia ler os pensamentos dos homens não me sentia mais intimidada, rejeitada. Estava tão mais segura; afinal, eu via os dois lados da situação. Assim fiz algo que nunca faria até ontem à tarde: peguei o telefone e liguei por minha iniciativa para encomendar uma pizza, propondo para ele: "Vamos pedir uma pizza de quê? É melhor que sair para você ir de novo naquele restaurante." Ele concordou, e pedimos uma calabresa.

Daí para a frente foi tudo muito simples. A tarefa que parecia impossível foi cumprida com facilidade e presteza. Comemos a pizza ouvindo Los Hermanos, de que ele não gosta, mas eu gosto, e só foi pôr a pizza de lado que começamos a transar. Mas desta vez, pela primeira vez na vida, não deixei aquela história de começa com tesão, depois broxa, para só depois então ter outra ereção. Foi pauleira do início ao fim. Eu o enchi de tesão desde o primeiro beijo e o pus para gozar três vezes. Ele até disse: "Nem sei de onde está vindo tanto tesão." Eu sei.

V

O professor melancólico foi terminar a noite no hotel dele. Acordei sozinha e feliz com a missão cumprida. Sabia que, no todo, não era ainda o que eu queria. Nem dei chance para que o professor sentisse ou não tesão por mim. Eu é que o insuflei de tesão. Foi um pouco como se eu estivesse transando comigo mesma. É como se o professor todo fosse um vibrador. Ainda por cima a eletricidade toda do vibrador vinha de mim. Depois de fazer ele gozar três vezes, fiquei exausta. Usar tanta energia mental assim desgasta. De fato, quando acordei, comi um pacote inteiro de granola.

VI

Saciada a fome matinal, resolvi estabelecer a meta do dia. Ora, era óbvio: seduzir o ex-namorado da Lucimar. O Pedro Antônio era daqueles namorados que nem ata nem desata, mas a Lucimar adora ele e torra de ciúmes quando uma amiga transa com ele. Se ela me roubou o Rodrigo, bem merece um troco. Mas o Rodrigo também merece uma bordoada. Lembrei que ele falara no Joca. Ora, esse era fácil seduzir. Acho até que nem valia a pena. Enfim, resolvi me concentrar no Pedro Antônio.

Primeiramente eu teria de achá-lo. Ele passava mais tempo no Rio que em Barranqueiras. Minha idéia, porém, era bem simples e efetiva. Iria encontrar a Vera, irmã mais velha da Lucimar, e almoçar com ela. Sendo ela uma tagarela incontível, logo saberia de tudo; e, se ela tentasse me esconder algo, leria o que ela está pensando.

A Vera trabalha no mesmo shopping em que fui ontem. Ela é secretária do administrador do shopping. Encontrei-a ao meio-dia e fomos juntas almoçar. De fato, nem precisei usar minhas teleenergias. Ela disse que o Pedro Antônio está trabalhando com informática no Rio de Janeiro, que arranjou lá uma namorada, uma morena linda, que a Lucimar está mesmo caidinha pelo Rodrigo, que, mesmo assim, ela ficou com um cara do Rio de Janeiro lá em São José das Pedras, que esse cara é muita areia para o caminhão dela, que estou mais bonita, que eu estou sexy, que faço muito bem de mandar o Rodrigo andar porque ele é um bolha, que ela (Vera) estava meio mal com o marido, que talvez ele esteja com outra, que é isso que dá ter um marido que vai ao Rio toda semana a trabalho. No final, eu disse que precisava comprar uma impressora nova, e ela me deu o telefone do Pedro Antônio.

Liguei para ele dizendo que a minha impressora estava quebrada e perguntando por uma que não fosse muito cara. Ele disse que iria para Barranqueiras hoje ou amanhã e que, já que eu não entendo nada disso mesmo, poderia escolher uma e trazê-la. Em vista disso, ativei minhas energias mentais. Contudo, provavelmente devido à distância, ou por falta de prática minha em usá-las a distância, não estava conseguindo influenciá-lo a vir hoje mesmo. Então falei para que ele esperasse só um segundinho porque estavam batendo na porta, de modo que, pondo o fone de lado, pude me concentrar mais intensamente e lhe mandar uma ordem para que viesse ainda hoje. Quando peguei de novo o telefone, ele me disse: "Olha, pensei melhor e acho que vou hoje mesmo. Passa lá em casa à noite, lá pelas dez, para pegar a impressora. Dá para você instalar sozinha. Conecta a impressora, depois liga o computador, aí basta clicar enter nos boxes que forem aparecendo; qualquer estafermo consegue." "Desta vez não esquece de prender os cachorros." "Claro, princesa, não quero ver você chorando de medo."

Também desta vez até foi fácil. Se a namorada atual dele é do Rio, provavelmente ele estará sozinho; e basta ele estar sozinho que manipulo idéias e sentimentos. Quando cheguei na casa do Pedro Antônio, os cachorros estavam soltos. Percebi que, embora sabendo que eu vinha, não cuidou de me receber bem, nem se deu ao trabalho de prender os cachorros. Toquei a campainha, mas, com a música alta, ele não ouviu. Os cachorros latiam furiosamente. Eram três. Um dobermann preto parecia ter olhos faiscantes. Vi que isso seria um bom exercício. Me concentrei e tentei me sintonizar com o que os cachorros estavam sentindo. De início só ouvia os latidos em dobro. Com mais esforço, comecei a perceber que estava era ouvindo os latidos como se fosse eu que estivesse latindo. Mas não percebia nem raiva nem medo. Fiz mais algumas tentativas até me dar conta de que estava buscando sentimentos humanos nos cachorros. Na verdade, nos humanos os sentimentos diferem de pessoa para pessoa, mas já estou me habituando com as variações. Nos humanos, por exemplo, medo e raiva se confundem de estranhas maneiras. O curioso é que coragem e medo também se confundem. Mas, em cachorros, o que seria o equivalente dos sentimentos humanos é esquisito, talvez nem dê para entender, mas vi que conseguiria assim mesmo manipulá-los. Acho que é muito mais uma questão conceitual, ou vai ver que é uma questão prática, temos de pegar o jeito do cachorro. Já estava havia meia hora de pé na frente do portão quando uma vizinha passou e me disse que o Pedro Antônio não estava, mas fiz que ela prestasse atenção na música, um estridente rock brasileiro; ficou então apertando a campainha, sem resultados. O chato é que ela, com toda a boa vontade, estava me atrapalhando. Fiz com que ela tivesse vontade de fazer xixi: despediu-se e foi às pressas para a casa dela.

Concentrei-me outra vez e consegui me ver com os olhos dos cachorros; logo a seguir, comecei a farejar o que seria o meu próprio cheiro. Havia uma sensação de repulsa pelo meu cheiro. Foi aí que ataquei. Fiz com que a sensação de repulsa diminuísse. Os cachorros pararam de latir. Abri o portão e fui atravessando o pátio. Os cachorros se dispersaram desinteressadamente. Atravessei o quintal da frente com eles me olhando de longe e bati com força na porta da casa. Pedro Antônio, surpreso, abriu a porta. "E os cachorros?" "Estão por aí." "Eles não devoraram você?" "Era isso que você queria?" "Claro que não. Mas eles são perigosos. Entra, vou prendê-los." Indo ao encontro dos cachorros, ele pensava: "Essa garota é tão não-existente que os cachorros nem viram ela." Não gostei do comentário, ainda que mental, e resolvi agir. Pus o dobermann para sentir aquela sensação de repulsa pelo cheiro do Pedro Antônio. Assim, começou a latir agressivamente. "Que isso Duque! Quieto!" Mas açulei o cachorro mentalmente até que mordesse o short do dono, puxando-o e pondo Pedro Antônio brevemente de bunda de fora. Ele ficou mais agressivo que o cão, pegou uma vassoura e começou a bater. Desconcentrei-me do cachorro, e logo o Pedro Antônio estava de volta, com o short rasgado: "Esses bichos estão malucos. Deixam você entrar, mas me atacam. Nunca fizeram isso."

Ele se largou na cadeira, e deixou sua irritação virar saco cheio. Apertando os lábios em desaprovação, mexeu algumas vezes no rasgo dependurado do short. Nem se preocupou em falar ou em ser simpático comigo. Ficamos em silêncio; ele nem de longe pensava que tivesse qualquer motivo para quebrar o silêncio. Sabia ser bem-educado, mas nunca na vida foi gentil comigo. Evidentemente, ali eu era apenas a amiga sem graça da namorada, quer dizer, da ex-namorada. Para quebrar o gelo, falei algo que antes nunca falaria; com minha autoconfiança aumentada por eu conseguir sentir o que os outros pensavam, ousei uma ironia: "Até que a sua bunda é bem bonitinha." Ele ignorou o elogio, nem reparou que falar uma coisa dessas era inusitado para mim. "A impressora 'tá aí. Foi seiscentos reais." Agradeci o favor de trazer a impressora para mim e deixei o cheque em cima da mesa. Ele estava pensando o tempo todo na Marzinha. Minha presença o aborrecia porque eu o lembrava dela. Era hora de ir embora ou agir. Então fiz com que os olhos dele se movessem em minha direção. Até esse momento ele nem sequer havia me olhado, nem reparara que roupa eu estava vestindo. Eu estava com aquele vestido, discreto mas na verdade insinuante, que fazia meu corpo parecer atraente. Me achou sexy, mas não disse nada; apenas pensou que eu estava a fim de dar pra ele. E me achou ridícula, pois sempre me teve na conta de assexuada. As palavras que lhe ocorreram mentalmente foram: "Pr'uma lambisgóia, até que ela 'tá jeitosinha." Eu, "lambisgóia"! Essas palavras estranhas — foi isso que pude observar nestes dois dias — circulam na cabeça das pessoas, embora nem sempre elas falem assim.

Em todo caso, posso dizer que esse juízo depreciativo não me desanimou. E não me desanimou porque eu tinha certeza que dobraria a má vontade dele para comigo. E nem foi tão difícil. Só esperei até ele dar uma avaliada nos meus seios. Quando ele ia pensar: "Mas que peitinhos miúdos", lhe impus que pensasse: "Que peitinhos gostosinhos." Mas a mente dele imediatamente reagiu: "Até que ela não é mais uma tábua." Me irritava que ele tão sinceramente me visse e me qualificasse com essas palavras. Eu, "tábua"! Mas resolvi manipular essa idéia para o bem. Fiz com que sentisse tesão pensando que transar comigo seria como transar com uma ninfeta pubescente. Essa idéia, lançada por mim, agitou as fantasias dele, mas ele reagiu lembrando de seios tipo revista *Playboy* (deviam proibir essa revista), que ele atribui a uma certa Dominique, que é a nova namorada dele. Constatei uma intensidade peculiar em suas emoções; isso seria o que chamamos de paixão; o rapaz está mesmo apaixonado.

Forcei-o a me olhar de novo. Mas ele se mantinha pensando na Dominique. Mesmo sabendo que continuava sem dar a menor importância à minha existência, sorri para ele; ao mesmo tempo, porém, em que lhe infundia um impulso que lhe provocou um princípio de ereção. Ao sentir a própria ereção, ficou confuso, tentou pegar o jornal para largá-lo no colo, disfarçando. Ele atribuía o tesão a ter se lembrado da namorada, não à minha presença neste vestido sensual. Estava era ficando irritado comigo. Acho que ele queria que eu saísse para se masturbar. Que horror! Nunca gostei da idéia de homens se masturbando; isso era até anteontem uma realidade distante para mim. Agora eu percebia essas coisas por dentro da mente de um homem. Fiquei ofendida: eu ali, na frente dele, sexy, e ele pensando em uma outra. Ri de mim mesma. Sempre achei ruim homens que não são fiéis; o pobrezinho estava sendo, e eu estava irritada com ele.

"Preciso dormir, amanhã tenho de voltar ainda cedo pro Rio", disse ele me mandando embora sem nenhuma preocupação em me melindrar. Agora é que eu estava decidida a escravizá-lo sexualmente. Se inicialmente eu queria me vingar da Lucimar, agora era uma vingança contra ele. Parti para a guerra. Primeiro excluí de sua mente tornando-lhe inacessíveis na memória todas as imagens da tal Dominique, sobretudo dela nua. Depois fiz com que a minha imagem, com o contorno do meu corpo e com meu rosto sorrindo, se mantivesse presente e fortemente associada com uma sensação agradável. Ele fechou algumas vezes os olhos, passou a mão pelo rosto como se estivesse com sono, mas a imagem do meu corpo só ficava mais intensa. Só lhe restou preferir ficar me olhando. Ele estava admirado que meu corpo lhe estivesse prendendo tanto a atenção, e continuava irritado, pois achava que era eu que estava "forçando a barra". "Que que essa menina sem sal 'tá ainda fazendo aqui?", ele pensava. Mas eu não deixava que voltasse ao propósito de se masturbar. Ao contrário, comecei a aumentar nele uma sensação de urgência, como se ele tivesse que gozar logo, como se nem fosse dar tempo de eu ir embora para ele gozar, ou seja, teria que gozar era comigo. Mas a idéia de me beijar e de "comer essa bobinha" só não o enfurecia porque eu estava dissipando a sua raiva. Não que ele me odiasse, mas, não sei por quê, odiava a idéia de ficar comigo. O que captei foi ele se dizendo: "Gosto de mulher, não de menina. Quase não tem peito..." Mas a resistência dele só me fazia teimar mais. Meu pretexto era o de que eu tinha vindo ali me exercitar. Como ele afinal — ainda que calado e com cara de aborrecido — estava me olhando, perguntei: "Gostou do meu vestido novo?" Nem respondeu, mas pensou: "Essa putinha ainda comprou um vestido para vir aqui me atazanar." Só que eu queria um elogio e o pus para falar: "Você está sexy." Sem perder tempo, já fui sufocando o desgosto dele por ter dito o que sua boca falou. Antes, fiz com que nele a lembrança de ter acabado de me fazer um elogio fosse acompanhada de uma sensação de prazer; e eliminei totalmente a sensação de espanto dele com ele mesmo por estar elogiando uma "lambisgóia" "sem sal" como eu. Já havia percebido que eu poderia fazê-lo sentir-se profundamente apaixonado por mim, mas isso seria o mesmo que eu apagar em sua mente todos os sentimentos e lembranças, imprimindo no lugar uma avassaladora paixão por mim, de modo que não seria mais ele, mas um mero robô que estaria em meus braços. Meu objetivo era interferir o mínimo possível nos processos mentais, de modo que uma paixão ou um tesão por mim fosse desencadeado a partir dele mesmo. Aliás, nem precisava ser paixão, mas queria que fosse algo que deslanchasse por si mesmo, vindo lá do fundo dele. Enfim, eu queria só facilitar que uma ereção ocorresse partindo desse lado da mente que não fica imaginando as coisas; queria que lhe brotasse um tesão de lá de onde não posso controlar. Mas talvez não tivesse outro jeito senão lhe causar, de um modo meramente mecânico, uma ereção; pode ser que nem sempre se consiga provocar ereções só pela manipulação de idéias; às vezes, quem sabe, uma causa fisiológica direta seja a única possibilidade.

Considerei todas as possibilidades mentais e decidi pela ação direta; certamente, ver uma forte ereção do pênis criaria nele a convicção de que ele quer transar comigo, abrindo caminho para que a ereção continuasse espontaneamente e que o orgasmo surgisse também sem minha intervenção. Para tornar a ereção mais plausível para ele, levantei, escolhi um CD, o primeiro dos Los Hermanos, e andei meio dançando na direção dele; o tempo todo o pus para ficar olhando para mim, para o meu corpo, no que lhe provocava a sensação de embevecimento; ele estava começando a se convencer de que "até que é uma boa comer essa franguinha"; balançando-me levemente ao sabor da música, evitando parecer vulgar, soltei as alças do vestido, que caiu aos meus pés; nua, desencadeei nele uma sensação de euforia; nesse momento, como a ereção não ia se desenvolver espontaneamente, fiz com que, fisiologicamente, ela chegasse ao ponto de se anunciar por debaixo do calção largo; Pedro Antônio sentiu aquele pênis se avolumado como se não fosse dele, mas acreditou que era um sinal de que, uma vez que a ereção e a minha nudez eram concomitantes, era ele que estava com tesão por mim. Levantou-se e tirou o calção. O pênis estava ereto. Acho que eu ainda não tinha a, digamos, sintonia fina desses processos orgânicos, de modo que lhe havia causado uma ereção fortíssima. Ele vinha me abraçar, fui indo para o quarto, ele vindo atrás, é que eu não estava com vontade de abraçá-lo; se ele não estava com vontade de transar comigo, eu também não estava excitada para transar com ele. Era tudo pirraça minha. Eu também achava que, vendo o pau dele duro, ia ficar excitada, mas me era mais excitante quando estava de calção largo, meio rasgado, ou quando vi a bunda dele quando o Duque lhe mordeu o calção. Também não achava que eu ia deixar ele transar comigo só para satisfazê-lo. Já me senti usada algumas vezes na vida. Sei que uns garotos vieram transar comigo, lá no fim da madrugada, só porque não tinham descolado ninguém; e eu não queria transar com eles, eles estavam me usando, mas eu não queria ser uma menina invisível, inexistente, queria que eles me apalpassem, vissem que eu existo; deixava eles me usarem, nem gozava, mas causava ciúme nas minhas amigas, que por despeito me chamavam de galinha. Não era o caso agora, afinal ele não queria nada comigo; queria que eu fosse embora, que eu tivesse ido embora. Ele vinha atrás de mim também sem vontade de me abraçar, mas ele via o pau duro e achava que isso era para ele enfiar em mim e gozar. Deitei-me na cama, o que não foi uma boa idéia, pois, deitada, meu peito ficou quase liso e o fez pensar que eu parecia um garoto, que ele preferia mulherão. Vi que a preferência dele por mulherão era também um receio de que ele gostasse de rapazes. Ele parecia precisar de ter sempre renovada a evidência de que estava transando com uma mulher. "Nunca meu pau esteve tão duro", disse ele pondo a camisinha. Até então não tínhamos nos tocado. Vi que eu poderia ir buscar e incitar, lá por trás das idéias dele, esse desejo de transar com garotos impúberes, mas fiquei com medo de ele, com isso, ou entrar em pânico com a idéia (me dando mais trabalho ainda de controlá-lo) ou querer transar por trás (o que eu não queria, nem gosto), e o pau dele tão duro ia me machucar. Estava tentando abrandar um pouco a ereção, mas não estava conseguindo; a sintonia fina é um pouco difícil; já percebi que, quando causo alguma coisa, o efeito é por vezes mais prolongado ou mais intenso. Tenho de me aperfeiçoar nisso. Ele mesmo teve a idéia de lubrificar bem o pênis. É assim que eu gosto, quando alguém faz o que eu quero que seja feito sem eu precisar obrigar.

Agora que ele está se aproximando de mim na cama, não está mais pensando nos meus seios pouco salientes, mas está admirado pois "o pau está tão duro e eu nem beijei ela", mas ele pensava que estava, sim, com tesão por mim, porque era claro que não estava pensando na Dominique. Porém, antes de enfiar em mim, parou e ficou tentando entender por que estava indo contra a sua decisão de não aprontar confusão: ele tinha decidido ser fiel à Dominique. Estava surpreso de tão rápido já estar transando com outra, e com uma menina de que não gostava, que não achava gostosa. Mas ele via o pau duro, e se via ali na cama com uma menina; achava que não podia deixar de transar. Ele achava que seria estranho não transar com uma menina que tinha feito o pau dele ficar duro. "Não tem por que um homem não transar." Enfiou o pênis duro como um toco de pau na minha xoxota. Para mim a sensação não era boa; eu não queria; mas passei para o lado dele e, pela primeira vez na minha vida, senti — com toda a clareza — o que um homem sente quando penetra uma mulher. Mas vi também que, apesar do prazer no pau, ele não estava gostando, quer dizer, ele não parava de pensar como era possível aquela ereção toda com aquela fedelha sem peitos, quase só com aréolas. Nisso o peculiar era que, embora considerasse que a ereção do pênis era dele, não estava gostando de estar transando comigo, ele se sentia contrariado de estar ali comigo, preferia que eu tivesse ido embora, mas não fui, e aquela ereção surgiu, então ele agia conforme a ereção, levado pela ereção, como se a ereção o guiasse, lhe impusesse uma obrigação; e quem estava sentindo prazer com o pênis dele era eu; e não era só curiosidade não, eu estava mesmo achando gostoso o vaivém do ponto de vista do pênis.

Pedro Antônio insistia em lembrar da namorada. Sempre os peitos da Dominique. Mas eu bloqueava as imagens. Ele sempre voltava a me ver, a me sentir; mesmo quando ele fechava os olhos, eu fazia com que a lembrança que lhe vinha fosse a do meu corpo. Se eu deitada quase não tinha seios salientes, punha-o para se lembrar do volume cônico dos meus seios quando eu estava de pé. Recorri várias vezes à cena do vestido caindo aos meus pés e do meu corpo aparecendo nu. Ele se apressava no vaivém com a idéia de acabar com aquilo e já se prometendo que essa seria a última e única traição dele com a Dominique. Pela primeira vez na noite, me senti como tendo importância para ele; se ele ficasse namorando a tal da Dominique por um ano, por um ano ele se lembraria de mim como única, como um evento singular. Na verdade, nunca me sentira tão importante como mulher. Mas ele não gozava. Então entendi que ele estava tentando pensar na Dominique para conseguir gozar. Comecei a supor que talvez a excitação que causa a ereção não seja a que causa o orgasmo. Não tinha me dado conta de que a ereção é uma coisa e o orgasmo, outra. De fato, um homem pode gozar sem ter ereção; já tinha essa experiência, mas um homem ter uma ereção dessas e depois deixar para lá, desistir, não gozar, nunca tinha visto. Contudo, era isso que ele queria agora. O orgasmo não chegava, e ele, embora não parasse o vaivém, já estava começando a se sentir entediado. Prontamente eliminei dele esse sentimento de tédio. Mas vi que ele, só com o meu corpo, não chegaria ao orgasmo. Ele já estava quase pensando em me pedir para lambê-lo, mas expulsei a idéia, porque eu não queria isso; já não queria transar com ele, muito menos chupar o pau dele. Eu me sentia segura de que sabia como causar-lhe fisiologicamente um orgasmo ou, até mesmo, o contrário: uma ejaculação sem prazer nenhum; mas meu objetivo, uma vez que a ereção tinha sido estritamente fisiológica, era o de que ele encontrasse por si mesmo seu caminho para o orgasmo. De fato, ele se sentia com a obrigação de gozar; gostei de ver assim por dentro a mente de um homem: ele receava broxar antes de gozar; se estava com tanto empenho em pensar na Dominique, era apenas para cumprir para comigo a obrigação que contraíra ao enfiar o pênis na minha vagina: agora tinha que gozar. O mantive no vaivém e fui pesquisando mais a fundo seus processos mentais: ele estava agora aborrecido com ele mesmo; estava lembrando que, quando estava ontem transando com a Dominique (pude nisso até sentir o prazer que um homem tem ao apalpar e chupar seios volumosos), havia pensado na Marzinha na hora de gozar, e tinha pensado nela transando com o Rodrigo (como ele já sabia da história? Depois investigo isso na mente dele; ah! já vi! A Lucimar mesma ligou para ele e contou tudo; parece que os dois nas idas e vindas do namoro sempre ficam provocando ciúmes um no outro...); ele não gostou de ter tido essa fantasia, não por causa do Rodrigo, mas por não ter se concentrado totalmente na Dominique. Será que o Pedro Antônio, tão machão, tinha com a Marzinha o mesmo problema que o Rodrigo comigo: sentir que a ereção era mais da namorada que dele? Ora, agora a ereção era minha mesmo, mas a sensação de obrigação era dele. Ele já estava todo suado e retirou o pênis, continuava duríssimo. Pensou de novo em me pedir para lambê-lo. "Vem gostoso. Quero mais!" Com essa minha intervenção, voltou a enfiar. Vi o quanto é diferente a voz real da imaginada. Eu poderia ter lhe dado a ordem mentalmente, mas, porque eu falei, algo aconteceu, a voz ressoou em sua cabeça, o excitou, ele pensou que agora ia gozar. Vi então ele se sentir se dando conta de que, se estava custando para gozar, era porque eu estava muito quietinha. De fato, eu estava totalmente concentrada em entender os processos mentais dele e, assim, de olhos fechados e sem fazer qualquer movimento. Rapidamente bloqueei o sentimento dele de raiva contra mim, contra os meus seios nada fartos, contra a minha passividade. O vaivém continuava, e também o esforço dele, por mim repetidamente bloqueado, de lembrar-se do corpo da Dominique.

Se eu me concentrasse no meu prazer, não conseguiria controlar tão bem as idéias dele, e ele ia pensar na Dominique na hora de gozar dentro de mim. Queria ele pensando em mim na hora de gozar em mim; nem que eu tivesse de lhe causar um orgasmo apenas fisiológico. Aí foi a minha hora de me dar conta de que não era da Dominique que eu estava com ciúme, mas de deixá-lo pensar na Dominique quando gozasse, porque eu ia gozar o gozo dele e eu não queria gozar como se estivesse transando com uma mulher. Tal como ele tinha medo de estar se imaginando transando com um rapaz, e por isso sempre querer mulheres com seios generosos, eu também não queria estar transando com uma mulher. Mas eu estaria transando como homem, com o meu pênis. Sendo assim, tudo ficava bem diferente, pois também não teria graça para mim gozar vendo o meu próprio rosto.

Resolvi então que era a hora de parar de querer controlar tudo. Não queria causar nele um orgasmo a partir apenas da minha energia mental. Seria como se eu o estivesse usando para me masturbar. E mais: curiosamente me pareceu ser um estupro causar-lhe um orgasmo. Achei que, depois, a não ser que eu passasse vinte e quatro horas por dia monitorando a mente dele, ele ficaria me odiando. Tinha aprendido hoje que o controle do qual sou capaz é basicamente apenas sobre o que vejo na mente dos outros, havendo todo um mundo invisível abaixo das imagens e decisões visualizáveis; um mundo que, quando veementemente contrariado, pode reagir de um modo imprevisível e, quem sabe, devastador. Por isso ele, que não queria transar comigo, não gozava comigo de jeito nenhum. Não bastava a ereção, nem a lubrificação. De que valeria uma ereção sem nada de viscoso? Sem nada de deslizante, de nada adiantaria a ereção. Mas, mesmo somando os dois, ainda não se chega ao orgasmo. Então eu ia deixá-lo gozar do jeito que ele quisesse. Mas comecei recorrendo às palavras. Falei: "Vem agora, mas relaxa, não se preocupa, depois você vai ser só da sua namorada, agora é a despedida de solteiro, aproveita." No que me ouviu, aceitou o que eu disse, e comecei a infundir um relaxamento nele, mas parei porque, para minha surpresa, ele estava relaxando por si mesmo. Ainda falei: "Isso, vem, 'tá gostoso, vou gozar, vai quase lá fora e entra." Ele foi se excitando e as imagens da Dominique foram lhe surgindo na mente. Fui me excitando. Vi o orgasmo dele se aproximar. As imagens da Dominique ficavam mais fortes. Até esqueci que o meu corpo poderia ter um orgasmo: eu estava encantada com a sensação de estar, como um homem, transando com uma mulher, e com uma mulher bonita, e com peitos que eu não tinha. Mas o orgasmo dele não chegava. Agora era como se as imagens e sensações vindas da

Dominique estivessem atrasando o orgasmo. E com o pênis indo quase lá fora e voltando era também o clitóris que estava sendo excitado; eu via que meu corpo é que ia gozar: "Vem!", e começou o gozo no meu corpo. Ele, me sentindo gozar, abriu os olhos, esqueceu da Dominique, lembrou que eu era a despedida de solteiro, me cheirou, gostou do cheiro, recuperou por ele mesmo a minha imagem com o vestido caindo e gozou vigorosamente. E gozou muito. Quando retirou o pênis, a camisinha estava cheia de esperma. Para minha surpresa, ele gozou foi comigo. Enquanto quis controlá-lo, ele fugia para a Dominique. Aprendi que, mesmo de dentro, controlar a mente dos outros é complicado e contraditório.

Menos de cinco minutos depois, dei um beijo nele, o único da noite; ele me correspondeu; disse para ele continuar deitado, pus meu vestido, peguei a impressora, dei tchau da porta e fui andando para casa. Mas, antes de dobrar a primeira esquina, já estava tremendo e com calafrios. Estava tão cansada que batia o queixo e me escorriam lágrimas dos olhos. Pelo visto tinha feito muito esforço.

VII

Apesar da tremedeira e também do enjôo, no caminho ia pensando se, apesar do sucesso, havia mesmo valido a pena a ficada. Nem eu nem ele queríamos. Foi tudo uma forçação. O problema é que, quando a ereção entrou em cena, ele passou a agir em conseqüência dela, e eu também. De certo modo, a ereção não era nem minha nem dele. Causalmente era minha, quer dizer, na medida em que a ereção resulta de processos fisiológicos, digamos, na medida em que a ereção é mecânica, ela é minha. Mas levantar o braço também é algo fisiológico — algo, aliás, que eu também poderia ter provocado —, mas com a ereção do pênis alguma coisa de diferente acontece. E essa intensidade de um acontecimento eu não controlo. Alguns acontecimentos são corporalmente mínimos, mas podem provocar um enxame de outros acontecimentos. Por exemplo, hoje estou num bom dia para engravidar. Se não tivéssemos usado camisinha, poderia ter engravidado. O nascimento de um ser humano seria uma conseqüência enorme em comparação a três minutos de aeróbica. E se pegássemos Aids? Poderia resultar em uma vida toda de tratamento e, quem sabe, de engajamento em alguma ONG assistencial. Pode ser também que essa ficada, ou antes, essa minha requisição do pênis, com a subseqüente intranqüilização sexual dele por mim, ou seja, pode ser que esse uso que fiz do pênis, na medida em que ele pensa que foi ele que quis transar comigo, o convença de que de fato está separado da Lucimar e que finalmente conseguiu se apaixonar por uma outra menina, essa Dominique peituda. Ou seja, esses acontecimentos periféricos à ereção, mas que fazem parte da ereção, não vejo como eu possa controlá-los, são por demais imprevisíveis. E se o Pedro Antônio começar a pensar que, visto que nunca teve uma ereção tão dura, ele está apaixonado por mim? Ou se ele reagir a essa idéia e passar a me odiar? Por isso, convém usar minhas energias com moderação. O melhor é buscar apenas facilitar um ou outro caminho que já se apresente na mente de cada um. O problema é que na mente do Pedro Antônio, apesar do meu poder de manipulação mental, não parecia haver caminho nenhum: ele não queria transar comigo, ele só pensava na Dominique, queria ser fiel à Dominique e me achava ridícula e inexpressiva. Ele pensava o tempo todo que eu era uma tábua. Tive de determinar que, mecanicamente, começasse a ter uma ereção. Como será que ele vai ficar em relação a mim? Como reagirá quando se der conta que transou sem estar com vontade alguma? Talvez vá me chamar de bruxa.

Será que sou uma bruxa? Será que houve uma época em que algumas mulheres conseguiam reger as ereções e, portanto, conduziam os homens ao orgasmo, assim submetendo-os sexualmente a elas, o que os levaria a reagirem com um ódio brutal? De certo modo, foi o que me pareceu há pouco: o pênis é para um homem o mesmo que a cenoura para um burro. Pendurei uma cenoura na frente do Pedro Antônio e ele foi atrás dela, fazendo todo o esforço para enfiá-la em algum lugar que lhe desse a mesma satisfação que tem o burro engolindo a cenoura. Não esquecendo que também o orgasmo se mostra como sendo um tipo de cenoura, pois, introduzindo o pênis na minha vagina, o Pedro Antônio foi atrás de onde ele fosse encontrar o orgasmo. Aliás, posso generalizar esse achado empírico: os homens, todos eles, são como burros correndo atrás da cenoura. Mas o pior é que o mesmo vale para as mulheres: são burras correndo atrás da cenoura. E, se o orgasmo também é uma cenoura, então as lésbicas, mesmo as que não recorrem a vibradores e dildos, são também burras correndo atrás de cenouras.

Qual a minha cenoura? O que quero? O que quero é o que não tenho. Ao menos era isso que meu analista me dizia quando eu fazia psicanálise. Mas o que não tenho nem é o pênis, mas o controle do que tem de ser manipulado, e lubrificado, para que a ereção aconteça ou o orgasmo aconteça sem que eu tenha de causá-los fisiologicamente. Se estava praticando o controle da mente, o que aprendi é o quanto eu não a controlo, mesmo se vou lá dentro dela, e às vezes até por detrás de pensamentos e imagens os mais nítidos. O Pedro Antônio só chegou ao orgasmo, ou antes, eu só tive orgasmo quando parei de controlar o que ele pensava. E se ele teve um orgasmo sem pensar na Dominique, mas me vendo e sentindo o meu cheiro, foi porque eu parei de controlá-lo. Além disso, fiquei muito cansada. Controlar cansa.

Acho que estive me esforçando muito. Sem dúvida, fiz progressos, mas estou me sentindo mal de ter seduzido, ou mesmo de ter forçado esses homens a transarem comigo; sem mencionar que eu também não queria transar com o Pedro Antônio. Foi um equívoco fazer isso. Embora eu, mesmo sem vontade, já tenha transado várias vezes com garotos que não queriam ficar se sentindo sozinhos, digamos, por pena ou, talvez, por não saber dizer não, dessa vez me senti realmente mal porque era o garoto que não queria. A um certo momento cheguei também a pensar que eu estava fazendo do Pedro Antônio um grande vibrador para excitar a minha xoxota, de certo modo ele era como uma boneca inflável dessas que dizem que os marinheiros usam, mas acho que não foi tão simples, pois entre gozar com um pênis de borracha, que depois posso jogar na lata do lixo, e com um homem que tem toda uma história, inclusive a história de não querer transar comigo, provoca um acontecimento muito mais amplo e, em muitos aspectos, incontrolável. O que será que o Pedro Antônio vai pensar de mim? O que ele vai passar a sentir? Até que ponto ele percebeu que foi coagido? Será que estuprado? E será que uma intervenção como essa, tão violenta, pode causar nele algo como uma psicose?

Minha decisão por ora passou a ser a de cessar os exercícios mentais. Vou abrandar a minha mente, vou deixá-la tranqüila, durante todo o fim de semana não farei o esforço de ler a mente de ninguém. Bem que gostaria de ter um namorado, mas um que eu não manipularia. Talvez seja um bom exercício aprender a conter essa volúpia de fundir-me com outros, de entrar na mente dos outros, de gozar o gozo dos outros. Talvez a maior tentação, mas isso deve mudar com o tempo, é me pôr na mente de um homem e sentir como ele vê as mulheres (tendo de suportar, é claro, o pouco caso com que alguns deles as vêem) e como é o gozo com o pênis. Enfim, por ora vou resistir a viver como Tirésias, vivenciando e comparando como sentem os homens e as mulheres. Se bem que a história do Tirésias é furada. Essa história pressupõe que a ereção é do homem. Ora, a ereção é causada, como é óbvio, mas só agora me dou conta, por múltiplos fatores. Há os fatores fisiológicos — dentre os quais o Viagra e a minha energia mental —, há as estratégias desenvolvidas ao longo da história humana — como o decote do vestido, a roupa justa, a minissaia —, e há os rompantes daquela região obscura, e que não posso entender, que está por trás de tudo que imaginamos, acariciamos, vemos ou que se processa apenas fisiológica ou quimicamente em nossos corpos.

Achei que era hora de fazer uma pausa. Inclusive precisava me estabilizar na minha nova e poderosa personalidade. Havia ficado menos tímida. Até mais dominadora. Não podia deixar isso subir à cabeça. Decidi passar o fim de semana sem usar minha energia psíquica. Iria deixar minha mente o mais tranqüila possível. Ficaria em casa lendo ou passearia pela praça.

Mas cheguei a essa decisão tão facilmente que desconfiei. Meu raciocínio foi claro: observei todos os argumentos e concluí com firmeza. Senti-me inundada de auto-segurança. Estava me sentindo segura de mim como nunca estivera em minha vida. Exatamente tinha chegado a esse mesmo limiar, que experienciei tão bem no Pedro Antônio, a partir do qual não consigo prever as reações. Se isso valia para os outros, também teria de proceder da mesma forma comigo; se quis ir além desse limiar na mente do Pedro Antônio, agora tinha de ir além dele também na minha mente. Mas, como dizia minha avó: casa de ferreiro, espeto de pau; embora eu tenha uma energia que entra pela mente dos outros, ela não consegue sondar o que se passa na minha própria mente, às vezes mesmo na superfície dela, no que seria a minha lucidez. Não consigo nem sempre entender o que quero, às vezes posso no máximo supor. Sem falar que, em relação ao que queremos ou não, há muitas coisas que nos parecem secretas e que depois se mostram mais que óbvias.

E é óbvio que fiquei encantada em ter um pênis; um pênis que fica duro e, para usar uma palavra de que os garotos gostam, "fode" uma mulher bem lá dentro. Acho que nunca quis de verdade transar com uma mulher sendo eu mesma uma mulher, mas, agora que posso ter um, como dizem os garotos, "caralho" para "comer" elas, estou gostando da idéia; e não só gostando, na verdade não paro de pensar nisso; e foi por isso que estava tomando, com toda aquela firmeza, a decisão de não mais usar essa minha energia mental de modo libidinoso. E acho que não devo. Não devo me entregar a isso, porque me parece um prazer mais do que orgástico, me parece um caminho perigoso do qual, se eu entrar fundo, não saio mais.

Mas eu mereço um pouco disso. Afinal, fui tantas vezes passiva. Tantas vezes fiz o que os garotos queriam. Tantas vezes não soube dizer não. Teve vez que passei a noite toda juntando coragem para dizer que não queria, que não queria ir para a cama, que não queria tirar a roupa, que não queria tirar a calcinha, que não queria dar uma lambida, que não queria o gozo na minha boca ou que não queria sexo anal, mas, sem sucesso em recolher essas forças para dizer "não", era depois deixada na porta de casa, fodida por todos os meus buracos, sem ter tido nenhum prazer senão o de não ter acabado a noite sozinha me sentindo uma magrela feia. Sem falar que, quando eu saía no meio de uma festa e voltava sozinha para casa, era quase certo receber no dia seguinte o telefonema de uma sapatona, se é que, quando estava saindo sozinha de volta para casa, já não ia uma ou, como também aconteceu, duas delas virem me dar uma cantada. Não gosto de sapatona, quer dizer, não gosto desse negócio de mulher com mulher, mas eu ter um pênis e transar com uma menina me parece o máximo. Várias vezes me peguei no devaneio de namorar a Lucimar. Ela é linda. Tem cabelos louros naturais cacheados, umas pernas bem formadas e os seios tão generosos como os da Dominique. Acho que meu tesão não era pelo que o Pedro Antônio lembrava da Dominique, mas pelo que lhe pairava no fundo da memória: as transas dele com a Lucimar.

De certo modo, já transei com a Lucimar. Até pouco tempo atrás, eu ia nas baladas com a Lucimar. Aí vinham dois garotos falar com a gente, quer dizer, os dois vinham dar em cima da Lucimar. Mas um tinha de acabar conversando comigo. Aí ia ficando tarde, porque a Lucimar gosta mesmo é de seduzir e conversar, na cama ela quer que a coisa ande logo para ela poder dormir. Foi ela que me disse isso, mas os garotos depois também me contam. Então as coisas eram assim. Um garoto sobrava para mim, eu sabia que ele não queria nada comigo, mas eu dava mole, ele se sentia obrigado a não ir para casa no sábado sem ter transado; e eu, eu não sabia dizer não, então a gente transava embora eu soubesse que o garoto estava era pensando na Lucimar. Se ela estava de minissaia, aí sim que eu até podia ver que o garoto estava como que com uma fotografia daquelas pernas maravilhosas diante dele. E eu gozava assim: imaginando a Lucimar na imaginação do garoto. Alguns desses garotos depois conseguiam sair com a Lucimar, e três deles é que me disseram que eu tinha uma coisa que a minha amiga não tinha: eu gozava com gosto; um deles, mais descarado, disse que eu chupei o pau dele gostoso à beça, o que a Lucimar se recusou. Por isso, agora que estou me deixando ir um pouco além do meu limiar de lucidez, posso ver que há muito tempo tenho o desejo de fazer o que todos esses garotos já fizeram: enfiar o caralho bem no fundo da xoxota da Marzinha. Se nunca senti inveja dela, é porque não queria os garotos com que ela ficava: eu queria era ficar com ela como os garotos. Agora tenho mais uma vontade além de enfiar o "caralho" na Lucimar, o de chupar o pau dela; afinal, se posso manejar um pênis, ela também pode.

Desses dois caprichos, o primeiro deles posso realizar até que facilmente. O segundo precisa que eu ensine à Marzinha como se associar ao pênis de um garoto — por exemplo, ao do Rodrigo, o qual parece ser fácil de controlar — e ter com ele uma ereção direcionada a mim, de modo que eu o acolheria para ela gozar comigo. O que estou vendo é que não sou de modo algum homossexual. Não gosto de homem com homem nem de mulher com mulher. Se quero "comer" a Marzinha, é como homem, quer dizer, é através de uma ereção. E, se quero que ela me coma, é com ela usando o pênis de um garoto. Apesar de estar conseguindo entender bem essas coisas, estou meio confusa. Vejo que gosto é de transar através de uma ereção. Se não há uma ereção, não vejo graça. Mas as coisas estão mudando. Quanto mais penso nas ereções, menos elas são o que eram para mim.

Primeiramente, assim eu pensava, as ereções eram coisas que os garotos tinham, e só eles verdadeiramente as podiam ter porque elas ocorriam no que é uma parte do corpo deles. Aí o Rodrigo me disse que era eu quem tinha as ereções dele. Então uma mulher, no caso uma menina tão feminina, ou mesmo tão passiva como eu, e que tem horror a lésbicas, na verdade podia ter uma ereção. E agora não tenho dúvidas sobre se todas as vezes que o Rodrigo teve uma ereção comigo, era apenas eu quem estava tendo a ereção; não digo — é o que estou pensando agora — que eu o estivesse usando como se ele fosse apenas um vibrador humano, afinal eu queria transar com ele, queria que ele me beijasse e me abraçasse, queria o cheiro dele e o gozo dele, enfim, queria que algo extasiante acontecesse com nós dois, mas sei que, nessa troca de carícias e fluidos, quem regia a ereção era eu; dele só vinha o sangue que inchava o corpo cavernoso. Depois, passei a questionar se há verdadeiramente ereção quando ela resulta de uma causalidade meramente fisiológica. Se eu faço, ou algum medicamento faz, com que mais sangue reflua para o pênis, eretificando-o, tal como foi o caso da ereção do Pedro Antônio, então isso não é propriamente uma ereção. Uma ereção explicável por leis matemático-fisiológicas não é uma ereção, ao menos não é uma ereção mais do que o erguimento de um carro pelo funcionamento de um macaco hidráulico. Assim, porque a ereção do Pedro Antônio, por mais duríssimo que estivesse o pau dele, não se devia a nenhum fator incalculável, ela não valia como ereção, o que faz com que uma ereção mixuruca qualquer fosse mais verdadeira que a dele, ou seja, sendo a ereção dele não-libidinal, fiquei querendo que ele, para que eu o sentisse como que indubitavelmente submisso a mim, chegasse ao orgasmo por ele mesmo, sem eu precisar causar-lhe um orgasmo igualmente fisiológico e não-libidinal. Ao final, de fato, quando parei de monitorar-lhe as idéias, ele gozou por ele mesmo, mas, sendo um gozo originado por ele mesmo, eu não o controlava e, portanto, ele, ao gozar, não se submeteu a mim, mas apenas a esse jogo de forças, que não controlo ou conheço, que fica para além do limiar das idéias claras e distintas. Sendo assim, o gozo dele valia para mim o mesmo que, a princípio, quando não há uso de forças mentais, vale já para o surgimento da ereção. Afinal, sem induções mentais, sendo a ereção o resultado também de causas além-limiar, o gozo é uma mera conseqüência secundária à ereção, enquanto com o Pedro Antônio o extrafisiológico da ereção, que é o que valida uma ereção como ereção libidinal e não como um mero bom funcionamento de um dispositivo automático-mecânico, ao não existir, empurrou o extrafisiológico para o momento do orgasmo. No caso da transa do Pedro Antônio comigo, só teria havido ereção se o Pedro Antônio gozasse por ele mesmo, senão tudo não teria sido mais do que um teatro de marionetes.

De fato, se eu controlar dois bonecos-marionetes — um masculino, quer dizer, com pênis e outro feminino, quer dizer, com um orifício — para imitarem um ato sexual, eles tecnicamente não estarão copulando, mas apenas estarão sendo acoplados. Aí também tanto faz se a pecinha de madeira que os encaixa é de um ou de outro boneco, pode até mesmo ser uma peça destacável, independente dos dois. Mas será que dois bonecos de fato nunca têm relação sexual?

E se eles estiverem sendo controlados por dois marionetistas apaixonados que estejam se comportando libidinosamente por detrás do cenário? Não podem os marionetistas, mesmo vestidos e sem se tocar, seja lá de que sexo forem, seja lá qual de seus bonecos tenha ou não a pecinha de encaixe, estar extasiados com a dança de suas marionetes?

VIII

Entregue a esses pensamentos, já estava em casa, nua, deitada na minha cama, levemente acariciando meu clitóris. Estava decidindo se iria rastrear as mentes da minha amiga Lucimar e do Rodrigo. Mesmo sem me decidir, minha mente logo percebeu que eles estavam de carícias na cama do Rodrigo. Mas eu ainda hesitava em me pôr a transar, através do pênis do Rodrigo, com a Lucimar.

O que me detinha não era só o receio de que uma prática como essa fosse um caminho sem volta, mas estava em dúvida de se era certo usar outras pessoas como marionetes sexuais. Será que marionetes não transam? Quer dizer, é claro que as marionetes não transam, mas será que uma transa já não pode começar com uma brincadeira de marionetes? Era por aí que eu estava pensando. Estava tentando entender racionalmente o que se passava, porque, se o que eu queria era controlar, então tinha de conseguir me controlar; e, para isso, eu tinha de saber o que estava fazendo, tinha de saber explicar racionalmente o que eu estava fazendo, senão, ao invés de controlar os outros, estaria era me descontrolando junto com os outros.

Daí a questão das marionetes. Quando um casal dança numa festa, isso pode ser um jogo de sedução; e, portanto, já uma primeira parte das preliminares do ato sexual posterior à festa. Assim, um casal brincando com duas marionetes pode já estar num ato sexual cuja parte genital virá a seguir. Essas preliminares podem ser o melhor do ato sexual. Uma vez namorei um cara muito mais velho que me levou para viajar com mais três casais de amigos. No meio da viagem, íamos para Corrêas, ele comentou que faríamos uma festa inspirada no *De olhos bem fechados*, do Kubrick. Fomos para uma casa grande, antiga, mal iluminada, mas bem conservada, no meio de um gramado com árvores enormes. Ninguém usava máscaras nem havia nenhuma loura linda à la Nicole Kidman. Depois do jantar, todos menos eu combinaram as regras dos jogos para a noite. Eu fui consultada, é claro, e concordei, é claro; afinal, dizer "não" sempre foi muito difícil para mim. Seriam duas séries de jogos. Primeiro, todos tirariam uma rodada de cartas, quem tivesse a carta mais baixa tirava uma peça de roupa, se houvesse empate, anulava-se a rodada e tiravam-se novas cartas. Não gostei muito desse jogo, não só pela minha inibição, mas porque todas as mulheres tinham mais peito e mais bunda que eu; me senti a mais sem graça de todas; se bem que um médico risonho, de gargalhada farta, disse com muito charme que eu brilhava pela minha timidez. Também me senti mais paralisada ainda quando, ao final de todas as rodadas, todos estavam nus e fiquei sem saber para onde olhar tendo à minha frente quatro homens com peru de fora; todos os perus grandes, provavelmente por efeito do Viagra. Exatamente o médico risonho, a um certo momento, estava com o pênis ereto, o que resultou em muitas risadas; a mulher dele, também médica, derramou então um copo de uísque com gelo nele dizendo "sossega, leão". Depois desse jogo todos conversaram e dançaram; dancei também quando me puxaram, mas fiquei calada; meu namorado não me dava muita atenção, mas não consegui saber se ele estava interessado em alguém. O clima era bem divertido, embora fosse peculiar que todos estivessem nus.

A proposta inicial para a segunda rodada era a de que as mulheres iriam cada uma para um quarto e os homens fariam um sorteio das chaves. A mulher do médico protestou. Disse que ficar num quarto esperando não é divertido para uma mulher, que assim ela ia ficar se sentindo uma puta à espera de um freguês, que até podia ser que os homens combinassem alguma coisa, que ela não confiava nos homens. Então uma outra mulher disse que teria de ser um jogo que também fosse divertido para as mulheres. Mas, antes ainda de se decidirem as regras desse segundo jogo, a mulher do médico lembrou que havia o "regulamento": usar camisinha e nada de amarrar ou bater; ela fez questão de dizer isso olhando para mim e ainda perguntou se eu havia entendido. Mas ela ainda acrescentou mais uma regra: depois de decididos os casais, os dois tinham de se beijar de língua ali na frente de todos e seguir abraçados para o quarto. Sem muito entusiasmo, todos concordaram com mais esse combinado. Foi quando percebi que esse meu namorado estava saindo comigo havia mais de um mês só para poder vir a essa festinha; ele não tinha o menor ciúme de mim; acho que apenas o casal de médicos era mesmo um casal para valer, com filho e tudo, talvez o resto fosse tudo meio putaria. Me senti, portanto, uma putinha, e fiquei torcendo para que o médico ficasse comigo.

O combinado foi que iríamos jogar um dado e somar os pontos num quadro-negro. Quando um homem passasse de cem pontos, ficava esperando a mulher que a seguir também passasse de cem, ou vice-versa, formando um par. Só valia casal de homem com mulher, e não podia ser o casal já namorando. Embora a heterossexualidade já estivesse decidida, as piadas se acumulavam enquanto a contagem ia subindo e dois homens se emparelhavam nos pontos. O clima era excitante. Mesmo eu, que até pouco antes estava paralisada, agora torcia para que o médico fosse o meu par. Cada homem que jogava o dado eu observava. Logo concluí que nenhum deles era repugnante. Todos já tinham mais de quarenta, eu era a ninfeta da noite, mas tinha uma loura tingida, corpulenta mas bem sarada, que eu supus fosse a predileta, embora ninguém tivesse se manifestado nesse sentido; o marido dela tinha uma cicatriz que ele explicou como ponte de safena, mas era o que mais fumava e bebia, ele seria dono de uma revendedora de carros seminovos. Um outro bem magro, que se disse atleta de triatlo, falou que viajava muito, mas não soube qual era a profissão dele; ele tinha o maior pênis que eu já vi; fiquei com receio de ter de ir com ele; a mulher dele era uma morena escultural;

agora me dou conta de que, naquele momento, se eu tivesse um pênis em ereção, gostaria de transar com ela.

Tudo era emocionante. Eu estava me sentindo adulta. Nunca mais participei de uma coisa dessas, mas fiquei muito tempo depois me sentindo superior às minha amigas, embora, é claro, nunca tenha lhes contado isso, afinal elas já me chamavam de galinha. Os pontos iam subindo e a sorte ia mudando. O primeiro casal que se formou foi o dos médicos, de modo que cada um ficou esperando por quem chegava lá. Perdi a esperança de ter o médico como parceiro, pois eu estava bem abaixo na contagem. Meu namorado é que ficou com a médica. Beijaram-se sob aplausos e subiram; nem senti ciúmes; sabia que o namoro estava acabado; sabia que o namoro era só para vir aqui. A loura sarada foi com o médico. A morena esculturalmente, com o safenado. E eu subi com o atleta. Se todo o jogo foi emocionante, a transa foi sem graça. Ele foi delicado, disse que eu era uma criança, riu comentando que a filha dele era mais velha que eu, enfiou o pênis devagar e não foi muito fundo, carinhosamente foi me fazendo ficar excitada, me acariciou o clitóris, esperou eu ter orgasmo, e teve o dele. Assim, acabou. Não tinha mais nada o que falar com ele, quer dizer, ele não tinha mais o que falar comigo; eu estava de novo paralisada. Ficamos deitados sem nenhuma conversa, até que dormimos. Se houve sexo nessa festinha, foi antes do sexo genital. O que foi bom, o que foi erótico, foram os jogos, ou seja, foi a parte matemática ou mecânica: foi o maquinismo das operações numéricas que me deixou num estado gozoso. Foi como se eu tivesse transado com todos os quatro. O ato sexual mesmo foi o fim da festa, foi para baixar o pano. Tive um orgasmo, mas, na verdade, não gozei. O gozo foi o jogo de dados. A cada dado que rolava, sentia-me sendo penetrada por aquele homem que subia nos pontos, e sentia prazer naquela penetração; eu apertava as pernas, e gozava, gozava de leve, mas era um gozo ótimo; quando tive depois o orgasmo, não posso dizer que gozei. Se gozei, foi meramente um orgasmo fisiológico. Naquela noite, a ereção com gozo foram os dados com os pontos subindo; o pau duro do triatlonista foi, para mim, apenas a pecinha que acoplou as marionetes, um mero evento fisiológico. Se ereções fisiológicas fossem mesmo ereções, erguer um braço ou uma perna também seria; para haver uma ereção pra valer, tem de haver algo de incontrolado, imprevisível, em algum nível incalculável, enfim, algo como um marionetista entusiasmado por trás dos panos pretos.

Se, nessa noite, tivessem inventado um jogo com marionetes do qual saísse definido meu parceiro, sem dúvida o melhor do ato sexual seria essa dança de marionetes, seria esse o momento da ereção, mesmo que nenhuma marionete tivesse pênis. Naquela noite, o ato sexual individual no quarto foi uma reencenação para confirmar o ato sexual coletivo que tínhamos tido havia pouco. A ereção fisiológica do pênis, a de cada um dos quatro pênis, foi o momento em que a mágica do ato sexual coletivo, paradoxalmente, broxava.

Pobre Rodrigo, estava com uma ereção fajuta, ainda que ele ficasse pensando em mim. Não dava certo: ele pensava em mim para ver se ficava com ereção, mas, com isso, a raiva dele por se sentir dependente de mim aumentava, e ele falhava. Já Lucimar, que se acha linda e gostosa, não queria que um homem saísse da cama dela sem que ela o tivesse levado à loucura, ainda mais porque ela estava a fim dele.

Excitada pelas lembranças da festa em Corrêas, resolvi que ia fazer o que eu queria: transar com a Marzinha. Comecei por um beijo na boca que a enlangueceu, sem que eu estivesse influenciando ela em nada; aliás, meu objetivo era não atuar sobre a mente dela. Acariciei a xoxota dela, senti a minha ereção, e turbinei a ereção para ficar tão dura como a do Pedro Antônio. A Marzinha ficou encantada. Fiquei com um tesão que nunca tive por homem nenhum, mas era um tesão de homem, ao menos eu sentia o pau duro e me sentia como tendo de satisfazer o pau (acho que isso é tesão de homem, essa ansiedade de satisfazer o pau). O Rodrigo também sentia o mesmo tesão, mas achava um cantinho em tudo isso para se sentir um pouco de lado e observar como se tudo fosse só em parte com ele. Estava louca para gozar. Segurei um pouco porque queria apreciar essa sensação em um homem: a de prender o gozo, mas não consegui; acho que ainda tenho de praticar mais; mas quando gozei foi uma série de contrações fortes que me deixaram o corpo totalmente relaxado sobre a Lucimar, que nunca tinha me parecido ser assim tão pequenina. Ela não gozou, ao menos não gozou fisiologicamente, mas achei bom não cuidar disso; senti-me um homem nessa de gozar e deixar pra lá, não cuidar de fazer a menina também gozar. Foi um grande prazer para mim essa sensação de ser um machão que só pensa em si mesmo: passei a entender melhor os homens, embora não concorde com esse comodismo deles, mas é, de fato, um prazer peculiar esse de gozar e deixar a menina pra lá.

Só que eu também tenho aquele desejo de chupar o pau da Lucimar. Se ela não tem fisiologicamente algo que chamem de pênis, não quer dizer que ela não tenha ereção. Ela tem ereção. Em todo caso, assim penso. Afinal, há tanto o clitóris quanto a lubrificação, algo que possibilita e modera o atrito, participando intrinsecamente da ereção no que a mantém e a estimula, podendo ser considerada indispensável, já que, se inexistente ou exígua, o gozo fica terrivelmente dificultado, ou mesmo impossibilitado. Quem não tem ereção é o Rodrigo, que, como se vê a toda hora, continua dependendo de mim, embora esteja orgulhoso de si mesmo pela rígida ereção e pelo orgasmo explosivo que acha que teve. Ora, quem os teve fui eu, e ele apenas veio de carona.

A Marzinha está esperando pela vez dela. Ela já pensou que, se o Rodrigo não a fizer gozar, ela não vai mais querer nada com ele. "Tem muito garoto atrás de mim, se for só para isso...", essas eram as idéias que iam passando pela cabeça dela. Gostei dessa virilidade dela: dessa vontade de domínio, dessa exigência de serviços sexuais por parte desse Rodrigo molengóide. De fato, ele estava tão orgulhoso da macheza dele que nem ia mais cuidar da Marzinha. Com todo o prazer, me pus a lamber a ereção dela; não que ela tenha um grande pênis fisiológico no corpo dela; ela, porém, pode dispor de um, de um desses aí, por exemplo, desse que está no corpo do Rodrigo; pênis que, aliás, fui eu quem acabou de usar, mas que ela pode passar a usar se for hábil para isso; entretanto, agora, o pênis dela é essa vontade dela de gozar; vontade que está bem erigida e intumescida, de modo que o Rodrigo tem de se submeter a ela, servir a ela. De certo modo, ter uma ereção é exigir uma submissão a ela. O Rodrigo é um bobalhão, mas amo a Lucimar e vou me submeter à ereção dela. Evidentemente, vou me submeter enquanto ela é viril. Vou me submeter enquanto uma mulher a um homem. Só que estou com tesão de chupá-la, de fazê-la gozar; sinto que, tendo gozado há pouco como homem, meu pau ainda reage, correspondendo, ainda que languidamente, aos sinais de prazer nela. Vou me desconcentrar desse pênis, que pode voltar a ser do Rodrigo. Quem sabe depois vou até conseguir entender por que gosto de mulher apenas sendo homem? Já a estou lambendo e vou fazendo nela com a língua o que gosto que façam em mim; também cuspo no dedo e vou acariciando a borda do ânus sem enfiar nele (o Rodrigo, que aprendeu comigo a lamber uma menina acariciando o ânus, até introduzindo lá um dedo, está orgulhoso de estar se mostrando desembaraçado para a Marzinha), mas sou eu quem vai levando a Marzinha à loucura, pois, com cada coisa que faço, checo se ela gostou. Assim, sei dar a velocidade certa, a pressão certa, os movimentos certos das lambidas. Agora é hora de cuspir mais no dedo para enfiá-lo mais no cu, aproveitando a pausa para dizer: "Você é gostosa!", continuando agilmente com as lambidas, deixando que ela se excite de um modo surpreendente para ela. Ela já não esperava grande coisa do Rodrigo e agora até pensa que "a Claudinha até que às vezes escolhe um homem gostoso". Não sinto o cheiro da xoxota dela, pois deixo isso só para o Rodrigo sentir, evito sentir esse cheiro, um cheiro feminino (afinal, estou nessa para que a Marzinha seja para mim um homem); apenas sinto o movimento que faço e a correspondência com o prazer que suscito, do mesmo modo deixo só para o Rodrigo sentir a dor pela contratura da musculatura da boca que tanto lambe; para mim fica só o prazer; deixo o Rodrigo funcionar como uma máquina, nem o deixo sentir um prazer intenso, que ele seja só um serviçal; vou é ficar com todo o prazer para mim; também estou acariciando a mim mesma e vou gozar como mulher e vou gozar forte. Nisso, já havia me surgido, sem ter me dado conta, a imagem do pau duro do Pedro Antônio, e, embora lambendo a Lucimar, já me imaginava lambendo a glande do Pedro Antônio, tudo como se estivéssemos numa grande suruba; e foi quando fiz meu lance de mestre, improvisando uma nova, e decisiva, manipulação mental: alterei pouco a pouco a sensibilidade bucal do Rodrigo. Tal como, quando há uma pequena saliência em uma obturação nova, sentimos com a língua uma enorme elevação, assim fiz com que o Rodrigo, lambendo a protuberância do clitóris da Lucimar, a sentisse como se fosse a glande de um homem. Deixei-o ter essa sensação ilusória na boca, impedindo-o de relacioná-la com a idéia de homossexualismo, de modo que eu, consciente de que sou uma mulher, pude agora saciar meu desejo de chupar o pau da Lucimar, mantendo-me mulher e deixando-a gozar sentindo-se mulher. De resto, o Rodrigo continuou agindo automaticamente; só o deixei livre para que ele pensasse, ao sentir a Lucimar mais e mais excitada, que ele estava tendo uma performance sexual extraordinária. Vou vendo também que a Lucimar na excitação dela está lembrando de uma transa em que ela estava junto com uma outra menina, e ela então goza, e eu gozo, e o Rodrigo está com cãibra na boca; e acho graça na patetice dele, com cãibra e se achando um grande fodão, mas, cessando o movimento, a cãibra vai passando aos poucos. Eu estava relaxada pelo prazer, mas de novo cansada pelo esforço mental. Adormeci.

IX

Até que não acordei cansada de transar. Mas havia percebido que a manipulação mental era um caminho complicado para se ter e manter um namorado. Ela não tem como abolir uma margem de descontrole e acaso de um lado e de outro. De certo modo, um bom relacionamento afetivo-sexual é aquele no qual, na cama, acontece, em um, algo incontrolável, mas que coincide, em outro, com algo também incontrolável. E, se minha energia mental pode ser bem-vinda ao dar uns empurrõezinhos oportunos, também tenho de ficar ouvindo desaforos a meu respeito; desaforos que as pessoas não ousam me dizer: mirradinha, magriça, tábua, desbundada, insossa, ou ainda: feiozinha, andrógina, sem-gracice. Essas coisas são meus amigos e amigas que pensam. Mas eu também penso coisas assim deles e delas. Pelo que vi com o Pedro Antônio, um garoto pode transar longamente com uma menina e estar o tempo todo pensando que acha ela feia, que queria estar transando com outra, mas a transa, mesmo assim (embora esse não seja exatamente o caso com o Pedro Antônio), pode ser muito boa. Além disso, pensar é uma coisa; falar, outra. Pôr o Pedro Antônio só para pensar que trepar comigo era uma despedida de solteiro não teria efeito tranqüilizador sobre ele, mas eu ter dito isso, as palavras ressoando nos seus ouvidos, o fato de isso ter sido dito fora da mente, o livrou de seus escrúpulos.

Nesse momento, me lembrei da conversa com a Vera, irmã da Lucimar. Ela estava ansiosa e me disse com clareza por que estava assim. Era o casamento dela que ia mal. Ela e o marido não estavam mais transando. Pensei brevemente se deveria ajudá-los. Mas como? Pondo-os para trepar. Nem era a questão de que eu não tinha lá muito tesão pelo marido dela; talvez até fosse melhor ficar orquestrando tudo como uma marionetista. Quem sabe assim até não seria muito mais eficiente? Quem sabe não conseguiria interferir um mínimo na energia mental deles, fazendo com que eles, na cama, de um modo quase natural, ou mesmo apenas facilitando as boas predisposições recíprocas deles, conseguissem se reconciliar e continuar casados? Mas isso me pareceu arriscado. Se, cada um a seu modo, eles já tivessem decidido se separar, mas devido à transa encenada por mim, chegando a uma performance sexual hollywoodiana, eles voltassem atrás e tentassem se reconciliar, isso poderia levá-los a um novo fracasso, mais frustrante ainda, a uma raiva mútua muito maior, com a qual os filhos sofressem ainda mais ou, até mesmo, a que um tentasse atos violentos contra o outro. O melhor era deixar que eles levassem a vida deles. Se eu me intrometesse, talvez ficasse me sentindo moralmente obrigada a controlá-los ou a remanejar o comportamento deles por meses e meses até que eles, por si mesmos, se acalmassem, senão me faria culpada dos danos aos filhos ou a eles. Talvez essa energia mental seja um problema a mais e não a solução para qualquer problema, que já esteja por aí.

    Seja como for, resolvi não fazer uso da minha energia mental por alguns dias. Ou seja, voltei ao que tinha decidido na noite anterior, mas que havia posto de lado exatamente porque me parecera uma decisão óbvia demais. Achara que eu estava sendo de novo medrosa, que eu estava buscando retornar ao meu padrão de viver de um modo passivo, sem dizer não. Sei que mudei em um espaço curto de tempo. Já não sou mais tão tímida e tenho coragem de dominar até homens fortes e agressivos. Porém, o melhor é mesmo deixar tudo isso sedimentar por alguns dias. Aprender a conter minhas energias mentais só pode ser benéfico. Portanto, nada de vida social e sexo pelos próximos dias: apenas ler e passear na praça. Só vou transar com quem queira por si mesmo transar comigo. Nada de causar ereções ou de forçar olhares na minha direção. Vou até usar novamente as roupas antigas, e sem graça. Vou me manter tranqüila, sem nenhum esforço para ver ou sentir o que se passa na mente dos outros. Se eu não mais puder conter minha energia mental, então a extravasarei irradiando apenas tranqüilidade.

Capítulo 3

Tête-à-tête com o doutor Xenakis

I

Satisfeito com os exercícios e os encontros na viagem, retornei ao Rio de Janeiro, deixei meu carro para o porteiro lavar e fui visitar o meu tio no final da tarde. Era o primeiro domingo do mês, dia em que ele promove um pequeno banquete. Nesse dia quem cozinha é Guillaume Douglas, o melhor chef do Rio de Janeiro. Entrando no prédio, reparei uma limusine Mercedes preta, blindada, com dois guarda-costas, os dois que vira no shopping. Como cheguei já após o cafezinho servido, Monsieur Douglas, embora já de saída, imediatamente se prontificou a me fazer uma omelete. Delícia! Não digo que foi melhor que a *côte de veau de lait chemisée de graines de moutarde* do almoço porque não a comi, mas me regalei com a *omelette au jambon*. Evitei o vinho para me manter em alerta máximo.

Além do meu tio, na sala estavam o embaixador Aloísio César de Almeida Sousa e Cunha, recém-chegado dos Estados Unidos, o doutor Ademiro Prado Curunhas, exímio neurocirurgião, com doutorado na Yale School of Medicine, e o doutor Theo Xenakis, grego e, naturalmente, armador (que é o que sempre se espera de um grego rico) e que, segundo me dissera meu tio, havia comprado uma livraria como terapia para depressão. Dos três, apenas o doutor Xenakis não me era familiar; na verdade, ele me era estranho. Desde que lhe fui apresentado, ficou me olhando enigmaticamente. Parecia estar me observando, embora, de fato, nunca fixasse o olhar em mim. "Estes são os meus atuais companheiros de golfe", explicou meu tio. "Por que não se junta a nós? Um esporte ao ar livre é sempre saudável." "Nesta viagem estive me exercitando ao ar livre", comentei com naturalidade, mas com uma ponta de ironia. Meu tio não apreciou muito minha resposta: "Não vai me dizer que você quebrou a cara de mais um!" "Que isso, tio? Só luto para me defender." "Mas não conheço ninguém que se depare com tantos encrenqueiros." "A cidade é perigosa." "Onde você estava lá na serra, provavelmente em São José, também há tantos brigões como no Rio?" "Não, só uns três delinqüentes rurais que estavam tentando estuprar uma menina." "Então você praticou o esporte de quebrar a cara dos três." "Infelizmente foi menos do que eles mereciam. E vocês, o que andaram fazendo para deixar o cardiologista feliz?" "Apenas o golfe", respondeu afavelmente o embaixador. "E Washington?" "Agora estou de férias." Após a *small talk*, resolvi me ocupar do Xenakis: "Como vai a livraria?" "Vai bem, mas tenho de promover toda hora algum lançamento, para atrair público." "Acho que conheço a sua livraria. É ali no shopping." Para minha surpresa, ele negou: "No shopping, não. É perto de lá. Saindo do shopping, é na calçada em frente." Fiquei surpreso com a informação. Seria verdade? Decidi proceder com cautela e discretamente mantive o assunto: "Pelo que meu tio falou, pensei que era no shopping, mas devo ter me enganado." "Oh, essa livraria do shopping. Tem sido motivo de piada entre os livreiros." "Por quê?" "Veja só. Estavam lançando lá um livro com o título de *A morte necessária*, e não é que o dono da livraria enfartou?! Daí começou a circular toda uma série de piadas de humor negro. Parece que tem um filme japonês que é assim, quem vê um tal vídeo morre, e o livro seria igual. Mas o livro é desinteressante e prolixo, se alguém morrer, vai ser é de tédio." "Doutor Xenakis, você estava nesse lançamento?" "Eu, não, não fico andando por aí à toa, mas meus funcionários foram lá comprar um exemplar." "Esses funcionários que estão lá embaixo numa Mercedes?" "Oh, eles, sim, são meus guarda-costas; como você disse, a cidade é perigosa. Se bem que, com essa história de enfarte, voltei correndo para o cardiologista. Meu coração é que é um perigo. Fiz uma porção de exames, mas agora estou tranqüilo. Você que é jovem, meu rapaz, vá desde agora cuidando bem do coração." Achei que ele falar tanto assim não era só simpatia; ele estava querendo esconder algo; mas não podia usar meus poderes, senão ele perceberia que eu sou quem os capangas dele procuravam. Mas tinha de passar isso a limpo. Seria ele quem estava por trás de tudo? Será que a recomendação sobre o meu coração era uma ameaça velada? Ou será que meu tio lhe contara que já o meu pai morreu de enfarte? E por que esse encontro aqui com mais esses personagens vindos dos Estados Unidos, e logo de Washington? Um embaixador, que é também filho de embaixador, com um longo nome de embaixador, e que fala árabe com fluência, sendo especializado no comércio internacional de petróleo. Além disso, um neurocirurgião. Será que eles são apenas a ponta de uma rede de agentes transmentais sediada nos Estados Unidos? Quem sabe um departamento da CIA? Talvez eu tivesse mesmo razão quando cheguei a pensar sobre os americanos quererem deter o monopólio internacional do transmentalismo. Afinal, minha primeira idéia era a de usar esses poderes para impedir que haja guerras no mundo. Assim, é mesmo de esperar que esse pessoal ligado ao petróleo queira eliminar todos os demais transmentais que possam, por exemplo, barrar as decisões beligerantes do governo americano. O que eles não consideram — mas é porque eles só pensam em dinheiro — é que eu também apaziguaria os tiranos, de modo que não deixaria que ditadores sanguinários ficassem por aí matando o próprio povo. Acredito que um grupo de dez transmentais trabalhando juntos traria um enorme progresso humanizador para o mundo. O problema é que, ao que tudo indica, os mesmos conflitos e ambições que hoje promovem a fome e as tantas matanças mundo afora, já estão se repetindo entre os transmentais. Eles também se matam e se engajam em sórdidas lutas por riquezas. Se os transmentais não resolvem ou mitigam os problemas do mundo, também transtransmentais não o farão. Minha missão só pode ser, ao menos inicialmente, a de frustrar as maquinações desses transmentais mais ambiciosos.

O neurocirurgião não falava nada, apenas me fitava atentamente. Evidentemente, o objetivo das pesquisas dele era o de facilitar com cirurgias o desenvolvimento de transmentais. Mas, se eu não passei por nenhuma cirurgia, de onde vêm meus poderes?

Tenho certeza de que meu tio não sabe o que se passa à sua volta, embora, sem dúvida, se beneficie dos negócios milionários. Talvez ele a essa altura seja um mero fantoche. Eu próprio já experienciei que é fácil influenciá-lo transmentalmente. Em todo caso, ali estava eu sentindo-me cercado. Por isso, afastei-me deles e liguei para o Carlos combinando encontrá-lo logo mais numa esquina a dois quarteirões do prédio do meu tio, para irmos jantar e espairecer. Por mais delicioso que estivesse a omelete, não sou francês para comer tão pouco.

Ao voltar à sala, encontrei apenas o doutor Xenakis. "Eles foram no segundo andar ver o novo home theater com som surround, um brinquedinho e tanto do seu tio." "Ele queria isso havia muito tempo. Fui eu quem o comprou e mandou montá-lo; de fato, esse home theater é um portento da tecnologia. Vimos nele um filme em que um copo caía no chão; e parecia que tinha caído bem ali do lado do meu pé. Quase arrastei o pé para o lado." O doutor Xenakis apreciou o exagero da minha anedota, embora não fosse exagero, mas um fato; e ponderou: "Mas talvez esses aparelhos tecnológicos não sejam ainda um progresso tão grande assim." Nisso estávamos contemplando a paisagem da janela. Na avenida em frente ao mar, havia um sinal aberto, mas os carros, em três pistas, continuavam parados. "Veja só, rapaz, o sinal está verde e os carros não andam." Ao me mostrar isso, movendo a mão na direção dos carros, lá longe, e ainda parados, disse: "Vamos, andem! Estão esperando o quê?" Foi quando os carros começaram a andar. Por cautela, evitava tentar captar qualquer atividade transmental. Seria isso apenas uma coincidência? Três motoristas distraídos num mesmo sinal? Haveria um guarda — não visível para nós — mandando o trânsito parar? Ou seria o doutor Xenakis me dando uma pequena mostra de seu poderio? Eu mantinha a minha mente, por assim dizer, lisa; de fato, esforçava-me por conter minha curiosidade; queria ver se o doutor Xenakis tinha ou não os mesmos poderes que eu; mas podia ser que ele os tivesse em um nível superior. Já que o prudente era não transmentalizar para não ser rastreado, recorri às palavras: "Até parece que eles ouviram você. Ou será que foi telepatia?" "Ah! Telepatia." "Você acredita em telepatia, doutor Xenakis?" "Seu tio lhe falou que me interesso por telepatia? Seu tio é um gozador." "Não, nunca falou nisso. Mas você tem esse interesse?" "Digamos que tenho." "Tem? E o interesse tem algum resultado?" "Não, claro que não. Onde já se viu uma coisa dessas?" "Mas como assim então interesse?" "Foi o Juliano, quer dizer, o Juliano Haizman que falou nisso primeiro. Ele disse que o Freud acreditava em telepatia. E que o Jung também. Uma teoria absurda: o Freud acreditava que os primitivos se comunicavam por telepatia, uma capacidade que se atrofiou com o uso da fala. Eu logo disse para ele que a fala nos fez mais inteligentes, ajudou a desenvolver nossas capacidades mentais; se podemos ser telepatas, então podemos ser isso somente agora, porque falamos, porque nos desenvolvemos usando as palavras, não cem mil anos atrás." "O doutor Haizman aceitou seus argumentos?" "Oh, claro, aceitou. Isso foi, aliás, quando ele convidou o Ademiro, o neurocirurgião, para se juntar ao nosso golfe. O Ademiro, mais que ninguém, gosta de desenvolver teorias. Ele inventou toda uma teoria de que a humanidade está ficando mais inteligente. Veja só! Mais inteligente, quem diria? Ele disse que os testes de inteligência, os testes de Q.I., são trapaceados. Desde 1920 que os seres humanos vêm tendo resultados cada vez mais altos nesses testes, mas aí os psicólogos trapaceiam a contagem para ficar tudo de novo em torno de 100. O Ademiro ainda vai mais longe nas suas teorias; ele parece um cara sério, mas é só tomar um uisquinho que desanda a falar absurdos. Ele disse que é viciado em videogame, que pegou o vício dos filhos, quer dizer, os filhos nem mais ligam muito, mas ele, quando não está operando, está jogando no computador. Ele argumenta que as pessoas têm preconceito contra a cultura popular, mas que é a cultura popular — aí incluindo os videogames — que mais tem impulsionado a inteligência humana nas últimas décadas. Ao contrário do que dizem, que a cultura popular emburrece, ela estaria era aprimorando a inteligência humana. Oh!, oh!, oh!, ele adora esses paradoxos. Quando se põe a defender um paradoxo desses, não há quem consiga contra-argumentar à altura." "Vocês discutem muito teorias como essas?" "Ora, meu rapaz, o que é que você quer? Se não falarmos coisas assim, vamos ficar falando de quê? De ponte de safena, de câncer de próstata, dos lucros da Petrobras? Falar que comeu a secretária, na idade da gente — oh!, oh!, oh! — ninguém mais acredita." "Mas a teoria é interessante." "Interessante! Ora, meu rapaz, você está levando conversa de velho bêbado a sério demais." "São teorias divertidas." "Sim, divertidas, isso elas são. Nós rimos muito. O Ademiro é uma peça. Teve um dia em que ele argumentou que o livro, a leitura de livros, era uma prática perniciosa e emburrecedora. A leitura isola uma pessoa dos amigos e até da família; propicia devaneios, afastando o indivíduo da pragmática cotidiana; provoca descargas emocionais ilusórias e, portanto, contraprodutivamente ansiogênicas; embota a aptidão perceptiva por viciar a atenção a seguir caminhos lineares e unidimensionais na apreensão de informações; atrofia a capacidade de reação, levando a que o indivíduo simplesmente se sente em uma poltrona e esqueça que ele mesmo existe, que a sociedade existe, que o sexo existe, que o dinheiro existe. A leitura seria um veneno, uma cicuta paralisante para a sociabilidade. Já os videogames estimulam a atenção; conectam o indivíduo com toda uma comunidade de jogadores; envolvem o jogador em um universo de cores, sons, ações, enfim, o põem em um mundo vivaz e sensoriamente rico; aperfeiçoam os reflexos e a rapidez mental; aguçam o poder de decisão; expandem as vias de captação de sentidos oferecendo incessantemente músicas, imagens, signos, elementos variados de diversos momentos da história humana e da geografia da Terra e até de outros planetas. Enquanto a leitura estimularia a submissão intelectual do leitor ao objeto livro, o videogame e a internet em geral promoveriam o internauta a agente conector e, portanto, produtor da própria interconectividade na qual ele ativamente se insere e se reenergiza como sujeito." Só pude exclamar: "Bela teoria! Daí se está a apenas um passo para que pipoquem telepatas pelo mundo afora." E, também entusiasmado, Xenakis continuou: "Telepatas ou, se preferir, transcomunicadores, ou mesmo transinfluenciadores, enfim, pessoas que não só se leriam, não só se comunicariam, mas influenciariam outras mentes." "Isso é agora teoria do Ademiro ou sua?" "Ora, de todos nós. O uísque no bar é o melhor momento do golfe. Quem liga para tacos e bolas? O divertido são as teorias." Resolvi insistir no assunto: "E a vida dos transinfluenciadores seria como? Eles seriam mais felizes que nós?" Xenakis gostou da pergunta: "Isso é controverso. Eles agiriam para o bem da humanidade ou para o mal? Será que conseguiriam agir? Ou será que sucumbiriam ao enorme tormento ou ao enorme prazer de poder ver e concomitantemente sentir o que os demais humanos pensam e sentem? Um transcomunicador poderia sentir as dores do parto e o orgasmo feminino. Poderia sentir a fome dos africanos e a fartura dos nova-iorquinos. Poderia sentir o que um heroinômano sente, sem se viciar em heroína. Poderia, se fosse médico — isso quem inventou foi o Ademiro —, perceber os sintomas do paciente e chegar a um diagnóstico. Poderia também anestesiar mentalmente um paciente que fosse alérgico a anestésicos ou coisa assim." Foi a hora de eu ir direto ao problema: "E poderia influenciar nas decisões do presidente dos Estados Unidos?" "Exatamente! Por isso é que os Estados Unidos há tantos anos pesquisam a telepatia." "Com algum resultado?" "Claro que não, meu rapaz. Mas é um ponto muito positivo para nossas teorias que o governo americano tenha realizado pesquisas não só sobre *brain washing*, *mind control*, psicocirurgia, psicotrópicos e hipnose, mas também sobre telepatia. Quem sabe dessas coisas é o Ademiro; ele sabe dizer uma porção de datas e programas relativos a isso. Parece que por volta da guerra da Coréia é que teve muita coisa assim. Parece que, quando seqüestraram um neto do Paul Getty, puseram em ação um médium para localizar num mapa onde era o cativeiro." "E localizou?" "Claro que não. Onde já se viu uma coisa dessas? Você acredita nessas coisas?" Talvez isso tudo fosse um teste. Mas até agora eu tinha passado apenas a impressão de ser crédulo. Nada podia lhe assegurar que eu tinha experiência própria no assunto. O que eu podia perceber com certeza era que ele não estava tentando analisar-me transmentalmente. Era um sinal de que ele não queria um confronto. Talvez não fosse tão poderoso assim. Seja como for, o mais interessante é que a conexão americana, com o governo americano, estava se confirmando. Foi o ponto que escolhi aprofundar: "Mas, além do governo americano, como é esse interesse pela telepatia nos Estados Unidos?" "Isso fui eu que pesquisei. Um dos maiores telepatas do mundo era americano, Edgar Cayce. Morreu em 1945. Era um homem bom e virtuoso. Fez muitos diagnósticos e receitou medicamentos que beneficiaram em muito os doentes. Ele praticou, portanto, o uso médico da transcomunicação, tal como o Ademiro preconiza. Nosso amigo Ademiro gostou de saber que tem precursores. Uma vez esse Cayce prescreveu uma receita de remédio para um paciente rico, mas o remédio não existia nos Estados Unidos. Então o ricaço pôs anúncios em vários jornais do mundo; veio uma resposta de Paris de que, de fato, o remédio já havia sido fabricado lá, mas já não era mais vendido havia algum tempo. Uma outra vez, ele passou uma receita e deu o nome de uma cidade distante; ligaram para lá e descobriram que em um laboratório da região haviam desenvolvido um remédio exatamente com a composição da receita, mas o remédio ainda não tinha nem nome, nem estava ainda para ser comercializado. Cayce dizia que pegava informações diretamente no cérebro do paciente, pois o cérebro sabia o que estava se passando no corpo; além disso, Cayce teria capacidade de se conectar a qualquer cérebro do mundo e encontrar a melhor solução existente para aquela doença."

Nesse momento, meu tio e seus outros dois convidados vinham descendo a escada. Todos comentavam animadamente o home theater. Aproveitei para me afastar um pouco. Fui até o escritório do meu tio e, vendo o computador ligado, não resisti e vi se havia na internet algo sobre esse fantástico Edgar Cayce. Para minha surpresa, ele existiu, era prodigioso e morreu em 1945. Quando desconectei da internet, meu tio estava entrando e falou: "Que bom que você está aqui. Assim posso te dar logo o dinheiro do home theater." "Não tem pressa." "Não é pressa. Eu é que estou com um dinheirão à toa aqui em casa. O melhor para mim é você levar logo, ou quer que eu mande depositar?" Nisso ele abriu a gaveta e pôs em cima da mesa dois maços enormes de notas de cem reais. "Se for mais confortável para você, eu posso levar agora." "Você não tem medo de sair por aí com tanto dinheiro?" Até parei para pensar se teria medo, mas não estava com vontade de mentir e, pondo os dois maços de dinheiro no bolso interno da jaqueta, simplesmente respondi: "Não tenho medo nenhum." De fato, por que eu teria medo de um punhado de ladrõezinhos armados?

Voltei à sala, me despedi gentilmente daqueles pesquisadores da telepatia e fui encontrar o Carlos.

II

Após essa enxurrada de informações fantásticas — ou será que era um teste? — saí à rua como que siderado. Os seguranças ainda estavam na Mercedes, ocultos atrás do vidro fumê. Mas não me importei com eles. Agora as coisas se juntavam. O doutor Xenakis já sabia dos meus poderes. Talvez já soubesse deles antes de mim. Se ele não me assassinou há pouco, foi porque não sabe até que ponto me fortaleci mentalmente nas últimas semanas. Não sabe onde estive nem quem mais encontrei. Ele teme que eu faça parte de uma rede de transmentais antiamericanos. Poderia ser que essa rede estivesse crescendo. Um confronto comigo seria então mortal para ele e seu grupo. Além disso, ele precisa descobrir se há uma tal rede para informar a seus superiores norte-americanos. Ou para pedir reforços. Afinal, a rede dele aqui é bem fraca. O Xenakis, sem dúvida, tem poderes transmentais. Mas o doutor Haizman é um incapacitado mental. O cirurgião Ademiro pode ser um bom teórico, mas sua habilidade provavelmente se restringe a desenvolver algum tipo de cirurgia transmentalizadora. Meu tio é um inocente útil. E esses dois guarda-costas têm um poder estranho; senti-os em ação no shopping; eles chegaram a matar o homem louro; mas há algo de falso na atuação deles; será que eles são apenas títeres do Xenakis?

Pensando essas coisas, quase esbarrei em Carlos, que me esperava na esquina combinada: "Parece que viu assombração. Nem ficando bem na sua frente você me vê?" "Foi aqui que combinamos?" "Foi, não lembra?" "Ah, é mesmo, fiz isso de gozação com você. Bem no calçadão das putas." "Mas, Augusto, não é dessas putas que eu estava falando." "Vamos andar um pouco, Carlos. Quero que você me responda uma coisa. O que você faria se tivesse poderes mentais; se pudesse ler e sentir o que os outros pensam; se pudesse até influenciar no que os outros querem ou gostam?" "Que história mais maluca, Augusto." "Não, é só uma conversa de brincadeira que ouvi na casa do meu tio." "Que brincadeira! É assim que milionário fica jogando conversa fora?" "Eles falam das mesmas coisas que os classe média, apenas as viagens, os objetos de decoração, os carros são mais caros, mas, como ficar conversando abobrinha não tem preço, o mesmo assunto serve para você também. Então, o que você faria se pudesse sentar numa poltrona, concentrar-se um pouco e entrar na mente de qualquer pessoa do planeta?"

"Mas eu estou andando." Nisso passei a ele um dos maços de dinheiro que meu tio me havia dado: "Fique com isso para você se sentir um pouco como um milionário." Assustado ele enfiou logo o dinheiro no bolso: "Que isso, cara, me passando uma dinheirama dessas no meio da rua, 'tá todo mundo vendo!" "Que vendo nada! Deixa de ser paranóico, não tem ninguém olhando." "Mas onde já se viu andar por aí com esse dinheiro todo!" "Deixa de história, continua andando e me responde." Mas o Carlos estava era pensando o que ele faria com o dinheiro. "Pára de pensar no dinheiro e me diz o que você faria se pudesse entrar na mente dos outros." "Bem, na sua mente é que eu não ia entrar. Mas na do Pedro Cavalieri eu até que ia lá um pouquinho esta noite." "Mas o que você quer com esse ator?" "Com ele, não. Mas ele namora a Kátia Jacobina, que é gostosa de explodir o caralho!" "Mas se o Cavalieri for gay e for tudo armação? Você vai ter é que aturar uma rola no seu cu." "Ora, você não disse que eu posso alterar o que as pessoas gostam, então eu ia fazer ele gostar de mulher e ia me esbaldar na cama com a Katinha Jacobina e aquela bunda estupenda." "Só nisso que você pensa?" "Bem, pensando bem, eu até podia experimentar depois a rola no cu. Nunca tive muita curiosidade, mas se desse pr'eu experimentar sem ninguém saber que era eu que 'tava experimentando, até que podia ser interessante; talvez eu até entendesse por que esse casamento gay 'tá fazendo tanto sucesso. Afinal, os heteros se casam cada vez menos e os gays só pensam nisso." "E as putas?" "Tem razão, isso é insubstituível, porque eu gosto de pagar, eu gozo de dar o dinheiro, de saber que aquela mulher maravilhosa 'tá dando pra mim só por causa do dinheiro. Porque eu gosto não é dessas putas rameiras aí da praia, não; mas daquelas que não parecem putas. Fiz questão de ir no último Natal na casa da minha avó com uma puta psicóloga, já formada, paguei uma nota a ela, mas ela foi impecável, conversou com a minha avó até de noivado, ela disse pra minha avó que achava que o certo era noivar antes de casar. Rimos à beça depois. Se você quiser te passo o celular dela. Duvido que seu tio repare." "Não, não quero uma puta, acabei de encontrar uma menina ótima." "Onde? Lá na roça?" "Em Barranqueiras." "Naquele cafundó? Barranqueiras, eta nome esquisito pr'um lugar!" "Ela tem uma amiga linda que quando põe uma minissaia o mundo pára de girar; mas a menina que eu gostei você nem veria se ela passasse aqui na nossa frente." "Tudo bem, Augusto, a gente não precisa brigar por isso. Eu fico com a minissaia e você com essa abstração."

Nesse momento é que Carlos se deu conta de por onde estávamos andando. Embora eu estivesse olhando para a frente, sem nenhum esforço senti o medo crescendo em sua mente. Estávamos cruzando uma praça notoriamente abandonada pelo poder público, inteiramente entregue à bandidagem de todas as idades e perfis. "Isso é terra de ninguém, Augusto! Vão matar a gente aqui! Vão levar todo o nosso dinheiro. Vamos sair correndo, estão cercando a gente!" "Calma, Carlos, não vão fazer nada." Eu já havia rastreado a mente de todos os delinqüentes da praça; de fato, toda a atenção deles se dirigia a nós; se eles vacilavam, era porque não conseguiam entender o que fazíamos por ali. Contudo, além disso, eu lhes estava instilando serenidade, de modo que eles não estavam agressivos. Poderia acalmar também a mente turbulenta de Carlos, mas por ora estava me divertindo com aquele pavor todo. Ele estava quase tremendo. Um grupo com quatro rapazes, até que bem-vestidos, veio se aproximando, mas eles, vendo que não éramos turistas, não entendiam que diabos estávamos fazendo ali naquela zona de perigo. Minha tranqüilidade quase que resplandecia à minha volta, contrastando com a cara de pânico do Carlos. Quando os quatro chegaram perto, simplesmente os saudei: "Boa noite!" Todos só pensavam em um revólver prateado com cabo preto. Ou seja, só um deles estava armado. Continuei andando, com o Carlos atrás de mim, agora tremendo. Continuei andando e já havíamos ultrapassado o meio da praça. De fato, não havia polícia à vista. No entanto, eu podia sentir que havia policiais nos observando, e não estavam muito longe, mas eles apenas olhavam, ocultos pela vegetação malcuidada dos canteiros. "Onde você está indo?", me perguntou o rapaz com arma na cintura embaixo da camisa larga. Fiz com que sentisse medo com a minha calma, e ele me deu passagem. Continuei andando, mas agora ele respirou fundo, juntou coragem, se apressou e se pôs à minha frente com o revólver na mão direita, mas com o braço caído ao longo do corpo. Ele estava perplexo, pois não conseguia perceber nenhum resquício de medo em meu rosto. Eu até sorria levemente. Na verdade, a situação não era de perigo: o único dos três que estava armado estava bem ao meu alcance. Os outros três cercaram o Carlos, mais atrás. Percebi que o Carlos bravamente havia se recomposto e, vendo que nenhum daqueles puxara uma arma, já se dispunha ao combate. O rapazola à minha frente pecava por excesso de confiança. Ele pensava que uma arma sempre apavora um transeunte desarmado. Achei-o tão tolo que nem me dignei a usar meus poderes; enfiei-lhe um soco no meio da cara; os pés dele, com o impacto do murro, até saíram do chão; caiu estatelado e inconsciente, soltando a arma. Pisei na arma e me concentrei na briga do Carlos contra os três. Entrei na mente do Carlos e percebi que acontecia algo como uma soma de consciências. Ele, que não sabia lutar na rua, com o meu suporte e mais a sua própria força mental, estava imensamente lúcido para com todos os detalhes da luta e apto a desferir golpes rápidos e certeiros. Ele respirava no ritmo certo, sem perda de energia, e se posicionava vantajosamente. O primeiro vagabundo que se lançou contra ele foi facilmente erguido do chão com a força do seu próprio ímpeto e lançado de costas em cima de um banco, batendo com a nuca e ficando desacordado. O segundo levou de Carlos um chute na perna que o desestabilizou, fazendo-o cair com o rosto próximo aos pés de Carlos, que lhe desferiu um chute de bico, quebrando-lhe os dentes e provocando-lhe um sangramento profuso. O terceiro recuou e puxou uma faca. Monitorado por mim, Carlos continuou tranqüilo. Mas nisso vinha o carro da polícia com a sirene aberta. O rapaz da faca, avisado pela sirene, fugiu correndo. Evidentemente, a polícia não foi atrás do delinqüente, mas veio me perguntar de modo agressivo que negócio era aquele de ficar espancando menores no meio da praça. Soltei uma gargalhada e disse para eles: "Vocês estavam o tempo todo escondidos atrás do canteiro, com o carro parado atrás daquela casa de força da RioLuz, viram tudo e não fizeram nada porque dividem o dinheiro do roubo com essa gangue. Nesse seu bolso direito, cabo Santoro, você guarda o dinheiro que esse pivete aqui rouba usando esse Taurus 38 que você empresta para ele, mas de que ele não sabe nem tirar a trava. Leva esses seus cupinchas para o pronto-socorro senão eu levo vocês para a delegacia." Os policiais, perplexos, não falaram mais nada, e eu e Carlos continuamos a andar com a mesma morosidade de antes até sairmos da praça. Aí pegamos um táxi para o restaurante que deixei Carlos escolher.

III

Foi só quando nos sentamos à mesa que Carlos voltou a conseguir falar, e a se gabar de ter enfrentado três. Ele não tinha se dado conta de que o rapazola que eu enfrentei estava armado. Enquanto ele revia suas façanhas, eu ia recapitulando como fora fácil e sinérgico controlar a mente dele. Era importante entender que, quando eu controlava mais alguém, minhas forças no total aumentavam, embora eu provavelmente estivesse individualmente mais fraco e, portanto, mais vulnerável. De fato, havia a possibilidade de que o doutor Xenakis fosse o único transmental e que os seus guarda-costas fossem apenas títeres dele. Na verdade, eu estava com a impressão de que o Carlos, que não é nada atlético, que não se exercita como eu, que nunca aprendeu uma luta, estava até mais apto a enfrentar aqueles três do que, sozinho, eu próprio estaria. Isso é o que não conseguia entender: como um títere meu podia ser mais hábil que eu? De certo modo, sou um títere de mim mesmo. Eu sou um outro de mim de quem controlo os pensamentos e as emoções. Ou seja, se há limites no que posso induzir aos outros pensarem e sentirem, muito mais difícil é eu me induzir a gostar de algo de que não gosto. Já namorei uma menina só porque ela era bonita, inteligente e gostava de mim, embora eu não gostasse dela; e custei um ano para entender que eu não gostava dela, que eu a detestava, que ela era chata, que ela queria que eu fosse diferente, que eu mudasse, que o que ela mais queria de mim era que eu mudasse, adaptando-me aos caprichos dela. Ela queria me controlar, mas, não sendo apta a me controlar transmentalmente, tentava me controlar os horários e criar em mim uma dependência sexual por ela. Mas fui eu que, no começo, me forcei a gostar dela. O pesadelo seria se ela tivesse poderes transmentais. Fiquei mais um tempo tentando imaginar como seria infernal um mundo em que as pessoas tentassem controlar seus parceiros, não mais apenas com palavras e horários, mas transmentalmente. Carlos já havia se acalmado e estava pedindo a comida e me sugerindo um prato; sem nem pensar, concordei. Mas o vinho eu pedi porque percebi que ele ia chutar qualquer coisa caríssima se dando ares de sommelier.

Quando chegaram os pratos, Carlos já estava tentando se comunicar com duas modelos numa mesa do outro lado do restaurante. Eu lhe disse que elas não eram para o bico dele, porque evidentemente viviam mimadas por luxo. "Vai por mim, Augusto, entendo disso. Vou passar uma cantada nelas duas." Enquanto eu comia a sobremesa, lá foi ele para a mesa das modelos. Dali a pouco já estava ele me acenando para ir tomar o café com elas. Mas, quando cheguei lá, ele já havia encomendado um desses vinhos caros e de qualidade questionável. O inquestionável é que as moças estavam sobremodo simpáticas. A morena se mostrava interessada no meu trabalho de supervisor de construção de plataformas, mas também achou ótimo eu estar de férias por seis meses; apenas não entendeu por que eu não tinha viajado para o Caribe em vez de ir para Barranqueiras. "Nem sabia que isso existia." E contou que tinha ido a Barbados com um namorado banqueiro no ano passado. Ficou encantada porque eu conheço não só Barbados, mas também outras ilhas do Caribe, além de já ter ido a Porto Rico e Nassau. Também ficou excitada contando seus planos profissionais: ela ia fazer um ensaio de moda numa praia no Ceará no fim de semana seguinte. Ela não lembrava bem o nome da praia, mas chegamos a um acordo de que seria Jericoacoara. Disse-lhe que é uma praia de fato muito bonita. "Você também já esteve lá?" Mas, se a modelo morena estava tão encantada por mim, a loura já tinha se dependurado no Carlos, uma atitude até meio inconveniente para o restaurante em que estávamos, mas o maître provavelmente evitava que eu notasse sua desaprovação. Como o meu prédio era quase na esquina, após pagar as contas fui buscar meu carro enquanto o Carlos e as meninas ficaram me esperando. Ao me afastar, ouvia o Carlos, imodestamente, narrar as suas recentes, e extraordinárias, façanhas marciais.

IV

Fomos para um motel em Botafogo. Não estava animado para transar com a morena, apesar de sua beleza suave e meiga, quase hipnótica. Mas, depois de ter feito o Carlos passar por tanto medo, achei que ele merecia um descanso. O que a ocasião me trouxe de bom foi que, quando vi a morena tirando a roupa, me decidi por ficar com a menina que tinha encontrado em Barranqueiras. Deitei na cama, como se eu estivesse relaxando do dia, e pouco apreciei a morena se desnudando; concentrando-me, mandei para Barranqueiras a ordem mental para que a minha companheira viesse me encontrar. Tinha evitado influir na mente dessa menina, mas achei que um pequeno incentivo era justificável para que ela tivesse ímpeto para vencer a distância que nos afastava.

Porém, eu me ativar transmentalmente me pôs consciente da atividade mental que ocorria à minha volta ali no motel. Fui logo ver como o Carlos estava indo com sua modelo. Através dos olhos do próprio Carlos, vi a cabeleira cacheada loura sobre o pênis e me pus a sentir as carícias orais. Meu pênis foi ficando intumescido como o dele, quer dizer, eu apenas sentia meu pênis avolumando-se, e foi a morena que disse: "Nossa! Até parece que é inflável! Você está aí deitado de olhos fechados e tum!" Ela pôs a camisinha, mas nem cheguei a acariciar-lhe os seios esplendorosos, estética e libidinosamente superiores aos da minha amada de Barranqueiras, pois estava querendo me manter sincronizado com o que o Carlos ia fazendo. Estava mais uma vez testando a sinergia mental, fazendo com que o vaivém dele na loura correspondesse ao meu com a morena, e eu via a loura enquanto beijava a morena, ao mesmo tempo em que sentia o cheiro da morena enquanto me apropriava da sensação de penetrar na xoxota da loura. Mas, quanto mais a loura se excitava, mais as imagens e sensações de sua mente também eram captadas pela minha, de modo que eu sentia não só a penetração do pau do Carlos na xoxota da loura quanto a sensação da xoxota da loura recebendo o pau do Carlos. Mas, passando para a mente da loura, percebi que ela estava se excitando a contragosto, que ela estava até com pressa, pensando em ir para casa, e vi que o apartamento dela em Copacabana era num prédio cabeça-de-porco, não tinha nem um armário direito no quarto dela, as roupas ficavam em cabides pendurados em um fio de náilon. E ela toda hora pensava em mil reais. Passei para a mente da morena e vi que ela também não estava muito interessada na transa, mas parecia mais positiva com a vida; era como se ela estivesse querendo tirar algum proveito do momento. Vasculhei um pouco os pensamentos dela, até que achei a idéia dos mil reais. O Carlos tinha dado a cada uma delas esses mil reais ainda no restaurante, com a promessa de que, se tudo desse certo, se elas transassem com a gente, depois ele lhes daria mais quinhentos reais. Mas uma parte do acordo era que eu não notasse que elas haviam recebido dinheiro. Voltei à mente do Carlos e, em meio a um turbilhão de idéias, me pareceu que ele se excitava porque estava pagando para que ela se esforçasse a fim de que ele tivesse a impressão de que ela estava gostando. Carlos sentia um enorme prazer com essa submissão venal da vontade e do prazer de uma mulher.

Resolvi não atrapalhar o jogo do Carlos. Afinal, depois de tanta luta, ele merecia. Por ele, portanto, resolvi entrar no jogo. Transmentalmente fiz com que as duas modelos começassem a se excitar sexualmente. Elas de fato se excitavam. Mas, quanto mais a morena se excitava, mais ela pensava num homem mais velho que eu num quarto de um apartamento com vista para o mar, para o mar do Caribe; acho que era o tal banqueiro. A seu modo, ela gostava do banqueiro. Conseguia, e com sinceridade, unir o útil — ou o rentável — ao agradável. Já a loura, ao se excitar, ia pensando em uma outra loura, também mais velha que ela, e também num quarto de luxo. Quanto mais o Carlos se excitava, menos ele pensava na submissão da loura ao dinheiro dele, quer dizer, meu, e mais ele sentia o corpo, a vagina dela e a intensificação sensitivo-prazerosa no pênis. A intensidade sensitiva do pênis dele também era a do meu, e eu também me inebriava com o corpo da loura numa fusão potencializadora da excitação provocada pelo corpo da morena, ao mesmo tempo em que eu, da loura, recebia mentalmente a sensação da penetração do pênis do Carlos, ao mesmo tempo também em que eu recebia da morena a sensação da penetração do meu próprio pênis; no meu próprio pênis, porém, eu simultaneamente percebia a sensação que acontecia no pênis do Carlos ao penetrar a loura. Tudo se somava em mim, e eu repassava aos outros três a intensificação física do paroxismo excitatório a caminho de culminar num orgasmo quádruplo, embora, é claro, os outros três não se dessem conta de que estavam recebendo fragmentos de conteúdo mental dos outros três; entretanto, Carlos, mesmo já totalmente fascinado com o corpo pré-orgasmático da loura, ainda tinha lampejos de lembranças da morena cujos seios imaginava como fossem, ou antes, achava que imaginava, pois ele estava era recebendo imagens ao vivo captadas pelos meus próprios olhos dos seios desnudos da morena. Nossos orgasmos foram intensos, e diferentes de todos que tivemos: gozamos pelo avesso e pelo direito. Parei, e voltei a me deitar de olhos fechados, logo captando, antes de me desligar temporariamente de todas as conexões mentais, o pensamento de Carlos: "Bem que dizem que é só no Brasil que tem puta que goza; essa se esbaldou de gozar; fingir assim é impossível." A morena ficou preocupada, porque de fato desfaleci; mas percebi que ela estava feliz por ter gozado, assim ela ficava pensando que não estava transando só por dinheiro: "Nós estávamos com tesão um pelo outro; o dinheiro é só um presente." Momentaneamente exaurido, apenas falei: "Me faz uma massagem." Ela prontamente se pôs a me massagear e pensei que meu tom era o de quem dá uma ordem, uma ordem a quem presta um serviço, uma ordem a uma puta, e percebi que senti um forte prazer em ter aquela mulher a meu serviço sexual. Senti que era o lado negro da força. Me ri desse conceito banal do *Star Wars*. Primeiro, pensei que aquele era o lado moreno da força, e que o lado louro da força estava em outro quarto, mas, depois, vi que havia ali uma tentação: era prazeroso, e talvez viciante, ceder a esse lado tirânico do sexo ou, até mesmo, ao sexismo e a coisas piores ainda. Mas a morena havia gozado, pensei que o que seria bom mesmo seria obrigá-la a me fazer gozar sem que ela tivesse prazer nenhum nisso, e mais: com ela me chupando a contragosto, sentindo-se humilhada, sentindo-se comprada, tendo até nojo de mim. Será que era até esse ponto que o Carlos gostava de prostitutas? Será que ele procurava prostitutas de alta classe, portanto de alto preço, para senti-las mais vendidas ainda? Será que o que ele queria era se sentir degradando uma menina, se sentir pondo-a num caminho que a levaria a acabar um dia abordando fregueses na beira da calçada (e não num restaurante de luxo)? E será que era, antes, ele quem estava sendo degradado, que estava se degradando? Pelo visto, não tinha mais interesse nenhum em ter uma namorada que lhe falasse de igual para igual: ele queria apenas pagar e humilhar. Eu percebia, porém, o prazer em humilhar, em optar pelo mal. E era praticar o mal impunemente. Simplesmente pagar uma mulher. Poderia até ser considerada uma profissional; poderia até ser, como na Holanda, uma prática legalizada; o que era relevante para o Carlos é que isso fosse feito por mal, com a intenção de degradar. Tanto melhor se fosse uma prática legal; haveria, quem sabe, mais mulheres para serem aliciadas, para serem compradas. Gostei de experimentar o mal, de agir por má intenção, de fazer o mal deliberadamente.

Vi que isso era tudo um grande teste. Era um momento decisivo. Agora percebia que o doutor Xenakis é que me pôs nessa direção. Ele queria me atrair para o mal. Não queria me confrontar. Queria um aliado, um assecla. Isso confirmava também que os dois guarda-costas seriam apenas títeres: ele precisava atuar juntamente com um transmental verdadeiro. Uma vez que não conseguiu me matar quando eu tinha poucos poderes, era hora de tentar atrair-me para o lado dele. Era o momento de ver se ser ou não um Darth Vader. É incrível também como o que ele falou sobre a cultura pop se confirma: eu mesmo estou pensando com categorias absorvidas do cinema americano. É como se a série *Star Wars* tivesse levado milhões de pessoas pelo mundo afora a testar se elas têm ou não a força. Talvez essa questão já estivesse em mim há anos. De fato, posso lembrar que há muitos anos percebo um ruído de fundo: há muitos anos já estava interagindo, ainda que apenas basalmente, com o espaço transmental. Quantos será que no mundo também estão próximos a passar esse limiar? E será que mais uma vez os norte-americanos conseguirão se apropriar de mais esta força, o transmentalismo, incrementando o seu controle sobre o mundo? Quanto mais será que eles, com transmentais adestrados em comandos militares, ampliariam seu potencial bélico?

Seria um novo estágio na evolução da humanidade. Primeiro, o ficar ereto e a oponência do polegar. Depois, a escrita e o dinheiro. Agora, a transmentalidade. A que levaria isso? Com a escrita passou-se a ter os religiosos e mais tarde os intelectuais, e o que eles fizeram? Ora, o que fazem os intelectuais, esses aí que trabalham na universidade? Eles teorizam sobre a dinâmica social, sobre os conflitos sociais, mas só para se digladiarem entre eles e recriarem entre eles os mesmos conflitos que pretendem estar criticando a um nível mais abaixo, menos intelectual, menos consciente. Se os intelectuais não se matam tanto, é só porque são incompetentes com as armas. Afinal os religiosos, que muitas vezes tinham acesso a armas ou o mando sobre os que as detinham, se mataram orgiasticamente. Infelizmente, faremos a mesma coisa, ou antes, já estamos fazendo a mesma coisa, nós, os transmentais. Já estamos nos matando uns aos outros. Será que já surgimos fadados ao fracasso? Será que não podemos nos impor a missão de pacificar o mundo, de controlar a belicosidade dos humanos não-transmentais? Será que é essa a minha missão: a de guiar os transmentais para pacificar o mundo e saciar a fome dos destituídos?

Para isso tinha de definir de que lado estava: tinha de enfrentar o desafio até o qual o doutor Xenakis me conduziu. O único caminho era ir ao fundo das coisas; era fazer como Sabbatai Zevi: me expor ao extremo às tentações do mal, como que me convertendo ao mal radical, para superá-lo e voltar fortificado para o lado pacificador do espaço transmental e conseguir atrair seguidores transmentais para mim, não deixando que se repitam, a um nível mais elevado, os mesmos conflitos deste mundo meramente regido pelo saber oral e escrito. Se com a escrita a humanidade foi posta à beira da destruição nuclear, com o transmentalismo talvez os humanos, digamos, agora trans-humanos, não falhem em se destruir e em arrasar toda a vida na Terra.

V

Quando abri os olhos, a morena estava começando a se vestir. Fui até o banheiro, liguei o chuveiro e comecei a lavar o pênis. Ela, apenas com uma calcinha preta, com os seios medianos e bem formados, com um sorriso triste, me olhava. Esperava que eu a convidasse a entrar na ducha comigo, mas não era o que ela queria. Estava satisfeita em termos transado e gozado juntos e intensamente. Agora ela pensava lentamente e quase que como falando consigo mesma, de modo que era fácil entendê-la. Era a segunda vez que ela, levada pela loura, transava por dinheiro. Da primeira vez, nem viu como e quanto foi combinado. Eram dois jovens de São Paulo, bonitos, e ela não se sentiu forçada a transar: gostou. Depois a loura lhe passou dois mil reais. Ela achou muito e até ficou desconfiada de se não era uma armação de algum cafetão para trazê-la para a prostituição. Agora viu a transação e recebeu ela mesma o dinheiro. Desta vez ela sabia que era prostituição mesmo. Mas havia o combinado de eu não saber disso. De novo, ela desconfiava do esquema. Era possível que eu soubesse que ela tinha sido paga, mas que isso foi dito para que ela se empenhasse em me agradar. Seria um modo de eu ter mais prazer com uma puta, pagando o mesmo. Assim, repetia para si mesma que não queria ser puta, que o começo poderia ser bom, mas que depois iam bater nela. Mas lembrava que só conseguiu o contrato para o ensaio fotográfico porque transou com o fotógrafo da revista. Ela estava como que juntando tesão para que, se eu quisesse transar de novo, ela também quisesse, assim não se sentiria puta; estava se prometendo não mais fazer isso por interesse; depois do ensaio, embora soubesse que o fotógrafo ainda iria querer transar com ela — e que, no hotel, já havia reservado um quarto para os dois —, ela se afastaria disso; só queria ter um namorado que morasse em um apartamento no Leblon. Mas eu queria que ela se sentisse uma puta. Queria degradá-la. Ao menos degradá-la aos olhos dela mesma.

Não a chamei para o chuveiro. Saindo do banheiro, passei sem nem olhá-la. Juntei os travesseiros e me recostei na cama. Então, olhando-a, linda, só de calcinha, sentindo-se ela mesma também numa encruzilhada da vida, sem saber se iria ou não ter de se submeter contra a vontade, como uma prostituta, a uma prática sexual pela qual já sentia aversão; ela queria ir embora; queria se vestir e que trocássemos um beijo de despedida como dois amantes ocasionais, como se tivéssemos transado por decisão nossa, e não por dinheiro. Ela mais que nunca suspeitava que eu soubesse que ela havia se vendido e que estava se forçando a se fazer de espontânea. Saboreei esse dilema. Ela também ia ter de descer ao mal; cabia a ela mesma se resgatar. Se conseguiria ou não, dependia dela, mas eu já havia me decidido a lhe dar a mais dois mil reais ao final, só para estimulá-la na profissão. "Vem!", eu lhe disse. Ela andou hesitante na minha direção. Ela deveria dizer que não queria, mas, se o dissesse, eu poderia suspeitar que ela já não quisera antes e que o tinha feito só por algum pagamento, de modo que, assim ela pensava, o melhor era ir e fazer como se o quisesse, não deixando eu suspeitar em nada de que não queria, e, quem sabe, ela até que, de novo, acabasse gostando, não se sentindo, ao final, uma puta. "Você é mais bonita sem calcinha." Sorriu, sempre ainda sem graça, mas gostou do elogio, e, como eu mexia no pênis, perguntou, já de novo sem a calcinha, se eu queria uma lambidinha. Disse que sim, e ela contestou que ainda estava mole. Eu via que ela é que não queria chupar e, buscando ganhar tempo, mantinha-se na espera que eu a excitasse de alguma maneira, não lhe impondo apenas uma ordem. Ela queria que agíssemos como se fôssemos um casal de comum acordo em um encontro ocasional, mas percebia que eu estava sendo autoritário, não a estava tocando, a elogiava pouco, não estava atento a se ela estava querendo ou não: estava só mandando. Continuei deitado olhando-a sem falar nada, sem fazer nada para excitá-la, nem sinalizava para que deixasse para depois, mas estava olhando incisivamente, claramente esperando que fizesse a parte dela, que me obedecesse. Ela ainda tinha a esperança de que eu fosse carinhoso como tinha sido antes, que buscasse me sintonizar com seus sentimentos, que cuidasse para termos um momento harmônico como antes. Mas eu disse com rispidez: "Chupa!" Reconheceu a ordem e ficou com a certeza de que eu sabia que ela havia sido paga. Na verdade, ficou com medo; medo de apanhar; tinha medo de se prostituir porque tinha medo de apanhar, de ser espancada, de ser amarrada à cama, de ser sodomizada à força. Começou timidamente a me chupar. Ficou de lado, com o cabelo caindo pela frente. "Tira o cabelo! Quero ver!", foi outra ordem minha, já com um tom violento; ela teve medo, o estômago apertou; obedeceu, tirou o cabelo, mudando para uma posição em que eu via ela pondo meu pau na boca; me dava prazer ser rude, sentir raiva, contrariá-la; já me via enfiando o pau no cu dela, só porque vi que era o que ela temia, mas não seria agora. Deixei ela me chupando, fechei os olhos e fui rastreando as outras mentes no motel.

Num quarto no andar de cima, vi pelos olhos de um homem uma mulher de meia-idade fazendo um strip-tease e vi pelos olhos da mulher um homem mais ou menos da mesma idade. Vasculhando-lhes as idéias, vi que eram um casal com dois filhos de nove e dez anos e que estavam ali para reestimular a relação. O homem tinha transado com uma outra e agora, depois de a mulher brigar com ele, lá estavam os dois no mesmo motel da pulada-de-cerca do marido. A mulher estava feliz de o marido estar submisso e solícito, buscando agradá-la, e excitada de estar no lugar da amante, mas se sentia maliciosa porque ela, depois de casada, tinha transado duas vezes por fora: uma com o marido da melhor amiga durante uma crise conjugal deles em que ela era a conselheira da amiga, e uma outra com o ex-marido do primeiro casamento dela; mas o marido dela atual, arrependidíssimo, nem suspeitava que ele é que tinha motivos para brigar com a esposa. Vi que a mulher se orgulhava de sua performance nesse número de strip-tease, ainda que o soubesse estereotipado; de fato, ela o fazia com auto-ironia. "Só faltava um homem transando comigo aqui na sua frente, acho que você ia gostar, amor." Passei para o outro quarto e um casal dormia, eu via os sonhos da mulher. Acordei-a e a fiz ir até o banheiro olhar-se no espelho; não era bonita; fui para outro quarto. Lá havia uma menina jovem e esbelta; na verdade, com um corpo magro mas com mais contornos que o da minha menina de Barranqueiras. Os peitos pequenos e cônicos, tão diferentes dos dessas duas modelos com quem eu acabei de transar, me encantaram. "Quer que continue? Ainda está mole", me perguntou a morena. Tinha me esquecido; ela havia se transformado em apenas aquela boca me lambendo. "Vai mais. Lambe também as bolas." Voltei às minhas inspeções transmentais. No quarto logo ao lado do meu, havia uma discussão. Uma mulher de pé dizia: "Viemos aqui por quê? Você não 'tá querendo nada!" Achei graça no homem em situação de embaraço. Gostei da mulher, também era esbelta, embora com um nariz grande, mas que tinha charme pela diferença. Para me divertir, causei uma ereção no homem. Era uma ereção intensa. Ele se assustou com a ereção. A mulher também. "Vamos!", falou ele. A mulher ficou parada. Ele se levantou e a jogou na cama, foi logo enfiando, ela estava ainda seca. Eu a pus sentindo tesão e molhada. Agora era ela que se sentia embaraçada, tal como se tivesse perdido o controle. Percebi que ela inibia o tesão do namorado. Ele começava com tesão. Ela, na cama, o apressava. Não tendo calma, ficava inseguro. Ela brigava pela demora. Ele broxava. Ela triunfava. Depois o humilhava contando de outros namorados. Mas agora ele a estava comendo, e ela sabia que não podia detê-lo. Ele ficou confiante e metia com ímpeto; ela tentou resistir, mas cedeu, relaxou, gostou de ter perdido o controle, ao menos aquela vez. Eu já nem mais agia na fisiologia do rapaz, agora ele ia pelo tesão dele mesmo, e eu gostava; até era difícil de saber se era o prazer dele em enfiar nela ou dela em ser penetrada que eu apreciava. E meu pau ficou duro. Agora eu percebia que a morena estava se sentindo mais à vontade: meu pau duro a excitou, ou ela acreditou que a excitou, estava de novo conseguindo se convencer de que ela estava transando comigo porque queria e não por dinheiro. É curioso o quanto é às vezes difícil, mesmo olhando os pensamentos de uma pessoa, entender se ela quer ou não uma coisa. Parei um pouco meu périplo pelos casais no motel para tentar entender o quanto essa bela morena queria ou não transar comigo, se estava ou não excitada sexualmente por minha causa, mas não consegui definir até que ponto ela se auto-iludia que queria ou se queria mesmo. Talvez querer algo seja apenas um modo peculiar de se auto-iludir. Eu mesmo dei para mim como desculpa que iria freqüentar o lado negro da força transmental para depois retornar ao seu lado luminoso e pacificador com vigor redobrado. Será? Posso dizer também que o que queria mesmo era me entregar a essa orgia de fodas nos diversos quartos deste motel, assim como ter o prazer de humilhar essa menina que tanto se esforça para subir na vida. Tanto posso pensar que estou enfrentando o mal para me purificar dele quanto que estou querendo praticá-lo impunemente em nome de um bem que, na verdade, desprezo. Não posso decidir, analisando meus próprios pensamentos e impulsos, se sou ou não bem-intencionado. Também não consigo ter essa clareza observando a mente dos outros. De toda forma, não sei também dizer o que é bom e o que é mau. Contudo, em um momento decisivo como esse não posso me entregar a especulações abstratas; tenho de confiar que o que considero ser o bem é o bem. Sei que pagar e humilhar essa mulher é mau. Mas sei também que tenho de humilhá-la. Não posso me intimidar com o mal. Tenho de ser superior a ele; tenho de poder ser ou não ser mau para poder ser bom por opção. Quem age bem por obrigação ou medo da punição não é verdadeiramente bom, é até mau: é interesseiro, e conspurca o bem com uma hipocrisia carreirista.

O que está se tornando claro para mim é que o espaço transmental julga e pune ao mesmo tempo. Posso ficar o resto da minha vida deitado numa cama, sentindo todos os prazeres do mundo e vivendo através da mente e do corpo de outros. Não será isso uma vida de escravo? Mas, se eu não transmentalizar, se eu viver assim como essa menina que se obriga, mesmo sem ser coagida transmentalmente, a ficar chupando meu pau, forçando-se a achar que gosta, serei livre? Será que alguém que não é transmental é livre? Carlos é livre? Ele está tomado pela obsessão, ou seja lá que nome se dê a isso, de fazer sexo pagando. Será que ele controla isso? "Vou parar um pouco. Daqui a pouco eu continuo." A morena estava cansada; nem sei quantos minutos fazia que me chupava, e eu nem pensava em gozar. Havia me entregado a especulações sobre o bem e o mal. Ela já estava entediada. Meu pau se mantinha semi-ereto, embora eu não estivesse pensando em nada de excitante, e mesmo se a visão dela — encantadoramente desnuda — não estivesse no momento me causando impacto. Não saberia dizer por que a minha ereção se mantinha. Seria uma ereção apenas fisiológica ou ela viria diretamente de pensamentos por detrás da consciência? Não conseguia ler meus próprios pensamentos. Contudo, eu conseguira controlar o Carlos lutando melhor do que eu controlo a mim. Um marionetista pode ser semiparalítico enquanto seus bonecos são agilíssimos. Assim, posso fazer com que essa morena queira incontivelmente ser penetrada por mim. Para provar isso mais uma vez para mim mesmo, a fiz sentir-se excitada. Ela justamente estava pensando que a minha frieza e distância a estavam fazendo sentir-se uma prostituta, mas, se eu fosse mais ativo, se eu quisesse penetrar nela, ela sentiria que nossa transa era de igual para igual e não entre um comprador e uma vendedora. Ela ligou o rádio numa música repetitiva, porque ela mesma queria parar um pouco de pensar, isto é, de se auto-recriminar por estar se prostituindo, e, rasgando um pacote de camisinha, veio pôr uma no meu pênis. "Vem! Eu quero mais." Meu pau inicialmente até ficou totalmente duro, mas eu não estava com vontade de interromper minha jornada de quarto em quarto; ainda assim eu a mantinha intensamente excitada; ela, com surpresa, constatava que nunca sentira tanta vontade na vida de ser penetrada. Ela incontidamente queria um pênis dentro dela. De novo a assaltou a dúvida de se isso seria porque ela estava era gostando de ser prostituta. "Será que essa excitação toda é porque estou me sentindo puta?", pensou ela como que falando para si mesma. Quando enfiei nela, apesar de que estava monitorando todos os seus pensamentos, ela, para minha surpresa, como se isso viesse dessa área obscura por detrás dos pensamentos, disse: "Me chama de puta! Me xinga! Diz que eu dou pra qualquer um!" Eu disse: "Puta! Piranha de merda!" E também para minha surpresa eu disse: "Vou comer seu cu, sua putinha!" Tirei de dentro dela e a virei bruscamente, mas não tinha nada além de cuspe para lhe lubrificar o cu, enquanto isso, já que os efeitos da excitação que lhe havia mentalmente provocado, perduravam na xoxota, ela implorava: "Enfia de novo na frente! Me fode pela frente! Me come pela frente!" Como não estava mesmo com muita vontade de enfiar atrás, enfiei de novo na frente. O problema é que aí me dei conta de que agora era eu que não estava querendo transar. Ia perdendo a ereção. Então, enquanto ainda estava no vaivém, fui até a mente do Carlos. Ele estava pondo a camisinha para transar com a loura. Pelos olhos dele, via uma loura disfarçando mal a cara de tédio, o que o excitava. Fundi-me com a mente dele, e a excitação dele potencializou minha ereção evanescente. Agora era a excitação dele pela loura que causava a minha ereção. Eu mesmo não estava excitado. Era como se eu, o marionetista, estivesse sendo conduzido pela marionete. Embora meu pau estivesse ereto, era o pau excitado do Carlos que causava a minha ereção. Embora o meu pau estivesse ereto, a ereção não era minha. Enquanto isso a morena estava tão excitada que escorria líquido da vagina dela. Tirei o pau brevemente para olhar, e ela mesma ficou espantada: "Nunca vi sair tanto líquido. Não é mijo, não." Voltei a introduzir o pênis e deixei que os impulsos sexuais do Carlos entrassem em mim, de modo que o meu corpo, em todos os detalhes dos movimentos, respiração e ruídos, fazia exatamente o mesmo que o corpo de Carlos fazia. Quem era fantoche de quem? Quem estava dentro de quem? Eu não queria transar, já estaria broxa, mas o vigor sexual de Carlos intumescia o meu pênis; além do quê, a fusão de mentes potencializava também a excitação sexual dele, que, aliás, seria nossa. Só quem pesava um pouco nessa performance era a loura, que estava sinceramente apenas prestando o serviço já pago. Mas resolvi deixá-la assim mesmo, afinal ela já é uma puta assumida; minha questão era com a morena; podia prever que ela, após gozar, ficaria se remoendo de dúvida de se todo aquele prazer era por ela estar sendo puta ou por tesão verdadeiro. Nisso nem eu, com toda essa minha clarividência, poderia ajudá-la; ela é que teria de responder, ainda que sua resposta fosse uma nova auto-ilusão a ser posta em dúvida, quem sabe, momentos depois.

Depois de mais essa explosão orgásmica, ficamos um pouco lado a lado na cama, mas agora era eu que queria voltar para casa. Brevemente, revi os outros quartos, mas sem interesse, apenas como observador da natureza humana. A mulher do strip-tease estava agora enfiando um pênis de borracha no cu do marido; era uma fantasia antiga dela que o marido havia sempre recusado, mas agora, no esforço dele de reconciliação, havia deixado; a mulher estava gostando, mas ele sentia dor; a mulher, rindo, dizia: "É também por isso que eu passo." A menina de seios pequenos lambia um homem bem mais velho, que captei ser um amigo do pai, mas também entendi que ela, embora parecesse muito jovem, tinha já vinte e três anos. O outro casal continuava a dormir. Carlos estava pagando mais quinhentos reais à loura enquanto ela chamava dois táxis. Na verdade, não havia nada de muito diferente ou excitante no motel. O ato sexual em si pode ser prazeroso, mas o que ocupava aquelas pessoas ali, assim me pareceu, eram as complicações que as levavam a praticá-lo. De fato, tanto faz se o gozo é mais ou menos intenso, o que interessa é que era o amigo do pai ou a filha proibida do melhor amigo; a punição ao marido infiel com a impunidade da própria infidelidade ou o orgulho de ter sido infiel sem ter perdido a esposa supostamente fiel; virar ou não virar puta; e assim por diante. Enfim, eu estava de volta da minha orgia sexual pelo motel; e estava salvo: não havia me viciado nisso; não tinha nenhuma dúvida de que não me entregaria ao vício de ficar vivendo a vida e as trepadas dos outros. Talvez eu até fosse me pôr ainda na mente do namorado da Kátia Jacobina para transar com ela; mas isso ficaria para um outro dia: hoje já bastava. Aliás, ainda não havia terminado a tarefa de humilhar a morena.

Quando acabamos de nos vestir, ela me beijou longamente na boca e disse: "Adorei! Foi bom demais!" Agora que ela havia conseguido se convencer de que não fora uma puta, era a hora da humilhação final. Peguei dois mil reais e pus em cima da cama: "Toma!" Ela ficou perplexa; eu a havia desmascarado. Ela ainda lembrava do combinado com o Carlos. Não poderia deixar eu saber que ela era uma puta. Mas o Carlos lhe prometera só mais quinhentos reais, enquanto ali estavam mais dois mil. O que valia mais? Ela ainda ponderou que, se não aceitasse, se, ao recusar, fingisse não ser puta, eu poderia até querer namorá-la, o que seria muito mais lucrativo. Mas como resistir a dois mil ali, na mão, tão fáceis? Nem era mais questão de ser ou não uma puta, afinal ela e várias amigas dela aceitariam felizes dois mil reais para transar com um garotão bem-apessoado. "Não quero", falou vacilante, mas sem embaraço. Eu não podia agora usar meus poderes. Que graça teria forçá-la a pegar o dinheiro? Eu queria que ela se degradasse por si mesma. Era a minha última tarefa antes de me voltar definitivamente para o bem. "Mas por quê?", ainda contestou. Foi quando resolvi desmascará-la de vez. "O Carlos só transa com puta. Ele deu dinheiro para vocês saírem com a gente. Ele não me disse nada, mas eu o conheço." "Se ele não disse nada disso, de onde você tirou essa idéia?" "Vamos fazer o seguinte. Digamos que esses dois mil são só um presente. Em vez de eu te dar um vestido maravilhoso pela noite maravilhosa, te dou dois mil reais e você compra um vestido para você." Ela olhava para os dois maços de notas de cem em cima da cama. Pus mais dois maços, somando tudo quatro mil. Agora o livre-arbítrio dela ia se decidir livremente por pegar o dinheiro. Ela nem mais pensava se estava ou não virando puta, mas apenas que trepado já tinha trepado, que gozado já tinha gozado, que me ver de novo não ia mesmo, então que ela pegasse a grana e se danasse o resto. A única ponta de dúvida era a de se, demorando mais um pouco, eu ia dar mais dinheiro ainda.

Era fascinante observar uma mente tomar uma decisão. Por mais que eu visse com clareza os pensamentos dela — pois ela, pensando tudo duas vezes, praticamente pronunciava os pensamentos para si mesma —, não conseguia prever sua decisão. Se eu tinha certeza de que ela pegaria os quatro mil, não era por lhe estar lendo os pensamentos, mas porque sei como é a vida: já comprei muita gente. Talvez ainda venham a surgir uns transtransmentais que consigam ler esses misteriosos pensamentos por detrás dos pensamentos, que consigam ver lá onde brotam essas decisões arcanas.

"Se é um presente, eu pego. Serve para pagar o táxi." "Posso te deixar em casa." "Não precisa; eu moro longe." Ela telefonou para uma central de táxi e disse que era para Jacarepaguá e que deveriam pegá-la na frente de um hospital ali perto. "Não quero que me peguem na frente do motel senão pensam que sou puta." Deixei-a na frente do hospital, mas não esperei que ela entrasse no táxi.

VI

Minha fase de amadurecimento estava terminada. Havia ido e voltado das trevas. Agora estava pronto para o combate final. Só aguardava a minha companheira. Voltei para casa lembrando o grande encontro que tive em Barranqueiras. Estava certo de que, quando acordasse no dia seguinte, minha companheira, atendendo ao meu chamado mental, estaria batendo à minha porta.

Capítulo 4

O encontro

I

Sentado num banco na parte mais alta da praça, como num mirante, eu observava o movimento, nem tanto o dos deslocamentos corpóreos, mas o dos fluxos mentais. Tudo sem interferir na mente de ninguém. Segui assim desenvolvendo uma estética da expressividade mental. Pela manhã a observação era mais direcionada aos idosos. Havia entre eles alguns com a mente calejada. Vi que eram pessoas que entendiam suas vidas como consolidadas quer pelo sucesso de seus múltiplos empreendimentos, quer pela pertinácia em suportar ou superar sofrimentos. Também havia mentes moles que, fragilizadas, irradiavam à sua volta auto-recriminações e ressentidas lamúrias. O mais estranho foi constatar que, em algumas mentes que me pareciam robustas, fissuras, que entendi serem linhas de amolecimento degenerativo, estavam em processo de expansão. Fiquei horrorizado em ver que aquelas pessoas, que tão bravamente haviam enfrentado as vicissitudes da vida, que pensavam poder enfrentar de cabeça erguida a aproximação da morte, estavam era a caminho — ou nisso, até mesmo, indo ladeira abaixo — da decomposição; isso devido à erosão progressiva da memória de vida — enfim, de sua heróica personalidade —, de modo que em breve, sem mais serem capazes de, no plano da consciência, juntarem suas ricas vivências e, assim, formarem uma imagem de si forte o suficiente que as sustentasse impávidas diante da morte, ao contrário, em conseqüência dessa molificação neuropsíquica, logo estariam em uma situação ignominiosa de desagregação mental, sem mais lembrarem sequer o nome dos filhos e urinando incontinentemente em lugares públicos. Ainda que por vezes ferreamente saudáveis pela vida toda, agora, em corrosivo silêncio, a doença da velhice as ia debilitando insidiosamente, e todo aquele cabedal de lutas e de inquebrantável perseverança de nada serviria, pois também ele igualmente se dissolveria na noite da demência e em atos vexaminosos e autodegradantes. A calosidade existencial dessas pessoas, uma solidez de caráter que, apesar da robusta certeza de terem vivido uma valorosa vida e de não terem passado em vão por este mundo, lhes possibilitaria enfrentar a morte sem medo, também esmoreceria e, antes mesmo da morte biológica, essa pujante auto-identidade já se terá desfeito num tenebroso silêncio de idéias e palavras.

Fiquei toda a manhã pensando sobre se o transmentalismo poderia levar, se não a humanidade toda, ao menos alguns de nós a passar a atuar nessa região por detrás da consciência — região obscura mas que suponho independa, em seu funcionamento, da integridade neuronal do cérebro —, de modo que nos tornemos aptos a, por um período de tempo mais longo, vivermos lucidamente, a despeito de nosso cérebro ter se tornado atrófico e esponjoso. Quanto ainda se haveria de investigar nas universidades sobre esses poderes transmentais! Agora, entretanto, eu não podia perder meu foco. Estava me preparando para um embate com transmentais inescrupulosos e mortíferos.

À tarde aumenta o número de crianças na praça. A vivacidade mental delas é grande, mas irradiam pouca transmentalidade inteligível. As imagens e idéias passam rápido pela mente delas; talvez, com sua pouca prática com as palavras, ainda não sejam hábeis o suficiente para refletir em frases apenas imaginariamente pronunciadas a atividade da mente, de modo que muito do que nelas surge e resplandece também subitamente submerge no lado obscuro da mente sem que eu possa apreender um encadeamento dos acontecimentos psíquicos. Há, é claro, também adultos cujas mentes funcionam quase assim, mas, ao que me parece, os efeitos da linguagem na mente por longos anos deixa marcas características, como é o caso da produção repetida — como um incômodo subproduto — de frases até mesmo gramaticalmente completas que antecedem ou ecoam as decisões tidas como espontaneamente tomadas.

O que estava aprendendo de útil é que, até onde eu podia perceber, minha própria atividade transmental agora conseguia tocar a mente dos outros sem tornar turbulento o espaço transmental, ou seja, pelo menos em pequenos esforços transmentais, tal como esse esforço basal de, sem sequer me concentrar, captar o modo — ou o estilo — como a mente dos outros funciona; ao não causar nenhuma turbulência transmental, eu não poderia ser percebido por outros transmentais; a não ser, é claro, se um transmental mais potente que eu estivesse por perto. No shopping, lá no Rio, como resultado do esforço extremo que é o de matar uma pessoa, pude perceber um terrível turbilhão, algo como um furacão, turvando todo o espaço transmental, uma turbulência que, aliás, perdurou depois ainda por um bom tempo. O mesmo percebi, embora em uma escala muito menor, quando enfrentei os três capiaus estupradores e, de modo bem mais intenso, depois de ter mentalmente forçado a Lucineide e a Lucimar a transarem juntas comigo. Entretanto, todo aquele esforço em atrair a Lucimar de minissaia até o meu quarto no hotel quase não causou nenhuma turbulência; isso certamente porque, cada vez mais, consigo melhor direcionar e mais adequadamente dosar minhas forças transmentais. Em vista disso, posso já pensar em voltar ao Rio de Janeiro sem mais me preocupar tanto em ser rastreado, pois estou mais invisível transmentalmente, o que é o mesmo que dizer que estou mais fortalecido transmentalmente.

Ao final da tarde, começam a chegar os jovens. É a hora também em que a Companhia de Teatro de Fantoches e Marionetes de Barranqueiras do Sul chama o público para seu espetáculo diário. Nesses últimos dias freqüentando a pracinha, havia aprendido muita coisa sobre Barranqueiras e marionetes. Primeiramente, fiz a surpreendente descoberta de que existe uma Barranqueiras do Norte, por isso é que falam também em Barranqueiras do Sul, embora o nome oficial aqui seja apenas Barranqueiras, ou seja, o mau gosto que impôs esse nome a uma cidade de resto agradável é compartilhado por toda uma outra cidade mais ao norte do Brasil. No entanto, há que se ponderar que nem mesmo os habitantes daqui chegam a ter orgulho do nome da cidade. O que vi, porém, foi alguns deles discutirem com veemência se quem nasce em Barranqueiras é, como eles usualmente dizem, barranqueirense ou, o que alguns supõem seja gramaticalmente o correto, barranqueirasense. Além disso, aprendi que o grande orgulho da cidade, algo que remete ao tempo do padre Orlando, é o artesanato de fantoches e de marionetes, os quais, inicialmente, eram usados em apresentações nas festas juninas, o que levou, posteriormente, a que a Secretaria de Cultura de Barranqueiras passasse a promover anualmente um festival de marionetes.

Para não dar muito na vista, uma vez que eu estava passando meu dia todo sentado na praça, ia mudando de banco conforme algum pretexto. Sendo assim, na hora de iniciar as apresentações do teatro de marionetes, me aproximei do grupo, formado quase que só por crianças e idosos, que se reunia em frente ao palco ou já estava sentado pelos banquinhos. Resolvi cumprimentar um senhor meio manco que, como eu já sabia, era o presidente da companhia de teatro. Apresentei-me e disse que muito admirava a arte das marionetes, embora — foi o que achei mais prudente admitir — eu, dela, não fosse a rigor um praticante. "É bom nem começar. É uma cachaça. Você não larga para o resto da vida." As encenações do teatrinho começavam sempre atrasadas, de modo que pude ir puxando conversa. Ele me contou que preferia as marionetes aos fantoches; elas dançam melhor. Disse sentir-se em dívida com as marionetes. A vida dele tinha sido sempre ditada pelos outros. Quando ele era moço, sempre queria estar vestido na moda "assim como essa garotada de hoje que repete aqui o que fazem no Rio", depois acabou tendo de seguir a profissão do pai, teve de ser padeiro, aí ele tinha de seguir os horários a que a profissão o obrigava, então casou com uma moça muito bonita, mas que não gostava de dançar, e ele não podia nem mais dançar, a única coisa que ainda fazia com gosto e criatividade. Foi quando, numa festa de São João, já proibido pela mulher até de dançar quadrilha, ao assistir a uma encenação de marionetes, se deu conta de que, se praticasse isso, sua mulher não teria coragem de proibi-lo; e, de fato, como marionetista pôde voltar a dançar. E dançava melhor com as marionetes que sem elas. Sobretudo agora, com aquela perna dura e dolorida, quando ele não mais poderia dançar, era o melhor dançarino de marionetes de Barranqueiras. Perguntei se ele achava que as marionetes dançavam melhor que os humanos. "Mas é claro. Dançam melhor, e esse é o mistério: como a criatura supera o criador? Também lutam melhor. Você já viu esses filmes americanos? Naquele tal de *Matrix*, eles lutam tão bem porque são marionetes: é porque estão amarrados em fios que fazem com perfeição os movimentos que só podemos imaginar."

Fiquei pensando no que o presidente das marionetes me

havia dito. Era tudo meio contraditório. A criatura pode, sim, e facilmente, superar o criador, por exemplo, nos erros e na crueldade, mas o problema não era esse. O que eu tinha vivenciado era que, por mais que eu controle a mente de uma pessoa, há sempre uma série de coisas que nela surgem e me surpreendem; surpreendem também àquele que eu penso estar controlando, àquele que se vê agindo automaticamente. De certo modo, a técnica perfeita apenas depura e melhor delimita, ou seja, contorna em negativo aquilo que está além de toda a técnica, de modo que, em vez de resolver todos os mistérios, a perfeição da técnica o adensa e o torna ainda mais imprevisível. No caso do presidente das marionetes, um mistério que me chamava atenção era ele se sentir libertado pelas marionetes, mas ser, na verdade, enquanto presidente do Teatro de Fantoches e Marionetes, um servidor delas. De certo modo, ele era espontaneamente um servidor delas. Quem é afinal o humano mais livre e feliz: o servidor voluntário ou o servidor involuntário?

Entregue a essas divagações, no lusco-fusco da tardinha, entrevi, passando ao longe, entre um grupo de jovens estudantes, uma menina irradiando uma beleza singular; embora àquela distância não a visse com clareza, ela me causava um efeito de encantamento ainda maior que o da Lucimar de minissaia. Fui na direção dela, mas não sabia quem procurar, não sabia como era seu rosto nem como estava vestida. Vasculhei, entre os jovens que estavam por perto, aqueles que compartilhassem essa minha mesma sensação de encantamento, mas nenhum parecia ter captado a passagem da menina. Não havia, de fato, nenhuma menina de minissaia. Nem nenhuma que, olhando de perto, fosse irresistivelmente bela. Mas a sensação perdurava em mim. Evitava usar mais ativamente os meus poderes. Mas pressentia que ela ainda estava por ali. Sem usar meus poderes mais intensamente, não conseguia achar essa menina. Quem sabe dali a pouco esbarraria com ela? Fui ver o teatrinho que começava.

II

Numa cidade como Barranqueiras, por mais que se queira fazer algo diferente, a gente acaba é indo à pracinha. Passei o dia no meu apartamento, recapitulando tudo o que se passou comigo nos últimos dois dias. Revi tudo que consegui fazer mobilizando essa energia mental que me permite influir no que os outros pensam e como eles sentem prazer, quer dizer, me permite influir por um tempo limitado, porque, depois, as pessoas ou reagem contra o que foram influenciadas a fazer ou aproveitam esse impulso psicoenergizante e prosseguem no que lhes foi momentaneamente favorecido. Eu mesma sou um caso positivo desta energia, já que, entendendo o que de fato as pessoas pensam e querem de mim, fiquei mais segura diante da vida e no trato com meus amigos e amigas. Sempre fui tímida, receosa de que as pessoas me considerassem sem graça e pouco atraente; depois que confirmei que é isso mesmo que elas pensam, sinto-me melhor. Também ficou claro que fiz pouco para valorizar a mim mesma. Acho que nunca fui verdadeiramente amiga de mim mesma. Vendo o que os outros pensam tal como posso ver o que penso, passei a aceitar que também não posso me controlar tão bem; de fato, posso me controlar ainda menos do que controlo os outros; assim, tive de aceitar a mim mesma em minhas limitações, tornando-me mais tolerante, senti uma inédita amizade por mim mesma. Nunca tinha me dado um banho de loja. Agora tenho roupas que me valorizam mais e óculos que destacam meus belos olhos. Por mim, posso ainda fazer um pouco de ginástica, dar um jeito no cabelo e pegar sol. Sei que posso manter conversas interessantes com os garotos, mas, enquanto me limitei a tentar ter com eles apenas conversas que não deixassem que o precário interesse sexual deles por mim se esvanecesse, ficava muda. Agora posso conversar com qualquer um sobre qualquer assunto; depois, se quiser levar o garoto pra cama, é só energizar os vieses sexuais dele que me forem favoráveis. Contudo, pensar assim é, mais uma vez, me desvalorizar; afinal, supor que terei sempre de recorrer a truques de manipulação de energias mentais é não acreditar que um garoto gentil e carinhoso possa se apaixonar por mim. Aliás, este é o meu propósito neste fim de semana: não usar energizações e me esforçar com recursos comuns a fazer com que alguém goste de mim, goste até mesmo com a minha timidez ou por causa dela, quer dizer, enquanto não perco de vez essa timidez.

Depois de experimentar quatro roupas, decidi usar algo que não fosse tão sexy como é aquele vestido já veterano de duas seduções, mas que, ao menos, me retirasse um pouco desse estado de inexistência sexual. Na verdade, neste sábado não estou me importando muito com isso; acho que nem quero ter nada com garoto nenhum. Um dia de paz é o que mereço. Talvez eu pense demais que ninguém gosta de mim e acabo ficando com um monte de garotos. De fato, tenho amigas bonitas e inteligentes que ou têm um namorado fixo ou não têm nenhum. Elas é que já disseram que sou galinha. Elas acham que eu devia namorar os garotos por mais tempo.

Vim andando até a pracinha e achei bom que não estivesse com nenhuma roupa muito atraente. Sentia-me leve. Chegando na praça, encontrei um grupo de colegas da faculdade, cumprimentei-os com um "oi" e fui em frente. Era impressionante como me sentia mais tranquila. Acho que nunca estive tão bem na vida. Talvez simplesmente estivesse deixando de ser uma adolescente inquieta e insegura para me tornar uma mulher adulta e consciente dos próprios limites e objetivos. Sabia muito bem que não estava causando nenhuma impressão sedutora nos rapazes e, pela primeira vez na vida, gostei disso; afinal, se tinha escolhido me vestir com discrição, então não devia esperar nenhuma comoção maior. Sei muito bem que o sábado é quando os garotos que não têm namorada se sentem obrigados — são eles que falam assim — a "tirar o atraso". Certamente, hoje não estou disponível para isso; aliás, não estou nunca mais disponível para isso. Aprendi a dizer não. De certo modo, saber dizer não, no meu caso, vale mais do que essa minha energia mental toda.

Foi por isso que passei assim tão placidamente por esse grupo de rapazes; antes eu ficaria em pânico, preocupada com o que eles comentariam entre eles sobre a minha bunda; agora nem ligo para os possíveis comentários, afinal sei que eles não são favoráveis e, como é o caso hoje, se os garotos nem se dão ao trabalho de comentar ou olhar, nem me incomodo. Assim, ainda que a minha aparência física fosse a de sempre; ainda que os garotos, tal como antes, não me olhassem muito ou nem me olhassem, neste fim de tarde, eu estava para mim mesma irreconhecível. Estava em paz com os garotos e os seus olhares. Tampouco achava que tivesse qualquer assunto para conversar com as minhas amigas. Fui indo para ver o que havia de novo no teatro de marionetes. Afinal, até seria adequado que eu aprendesse a manejar também esses bonecos.

As crianças estavam ocupando os bancos da frente. Sentei-me na última fileira de bancos. Ao meu lado sentou um rapaz grande e louro. Ele olhava meditativamente para os bonecos que encenavam uma luta de espada contra um urso. O urso ficava paradão enquanto o espadachim corria e se agitava, mas, cada vez que ele investia contra o urso, levava um safanão e se esborrachava no chão. As crianças riam às gargalhadas. O boneco se levantava e se dizia o melhor espadachim do reino, disse também que tinha ensinado esgrima ao rei Artur e aos Três Mosqueteiros, que era impossível vencê-lo, que o urso se rendesse, ninguém no mundo sabia manejar a espada melhor que ele, mas aí "tum!", já levava uma outra patada do urso, caía no chão e as crianças gargalhavam. Não entendia a graça da peça, mas as gargalhadas das crianças logo me fizeram rir também. Aí vi que o rapaz louro também estava rindo.

III

De certo modo, foi um momento mágico. Sentindo-me no meio de um tenebroso conflito, provavelmente internacional, que já resultara, à minha frente, em um assassinato; treinando-me para estar em forma para uma batalha que ia se aproximando; a companhia das crianças, exatamente delas, que são tão pouco exercitadas na linguagem, tão pouco manipuláveis mentalmente, embora tão facilmente manipuláveis por artifícios exteriores tão simplórios, me fazia bem, amainava meu ânimo. Ria junto. Me deixei levar pela energia mental que tão livremente exalava delas. Senti a alegria das crianças como se fosse um perfume de dama-da-noite se espalhando pelo ar. Certamente meus poderes mentais não conseguiriam nunca decifrar essa mágica do momento; nem nunca poderiam criá-lo. Também não acredito que eu possa criar a magia que alguns encontros sexuais têm. Concatenar um casal numa cama em um ato sexual intenso até é possível para mim, mas deixar acontecer ali a magia do momento está além de minhas forças.

Foi quando vi que a menina ao meu lado também ria como uma criança. Envolto na mágica do acontecimento do riso e do esquecimento do tempo, não estava mais reparando na mente dos que me circundavam; mas ali, bem ao meu lado, estava a mais bela mente que jamais havia visto: era lisa, pacífica e vigorosa. Sentia nela feminilidade. Vi que isso era mais uma questão a ser pensada, e que eu a deixaria para depois: é uma mente de alguma maneira masculina ou feminina? Até o momento, pelo que vi, diria que as mentes não são assexuadas, mas não creio que elas possam ser divididas em masculinas e femininas. Mas essa mente era a mais bela de todas, embora o corpo da menina até fosse andrógino. Olhando-a, porém, senti-me atraído também fisicamente pelo seu corpo: na verdade, não conseguia distinguir mente de corpo. Esta é a menina mais bela que já vi em toda a minha vida. E lá estava ela, junto comigo, rindo enlevada pelo riso das crianças.

Findo o espetáculo, nos pusemos a conversar como se fôssemos já conhecidos. Ficamos ali mesmo, em frente ao palco, sentados entre os bancos agora vazios, contando o que fazíamos e do que gostávamos; de certo modo, cessado o encanto do teatro, surgia o encanto da conversa amiga, da sintonia entre duas pessoas, da paixão se insinuando.

Saímos andando pela praça, comemos pipoca, tomamos quentão. Fui acompanhá-la até a casa dela, feliz em ver que, com todo aquele nosso entendimento recíproco, nada de sexual aconteceria atabalhoadamente entre nós hoje.

IV

O espetáculo terminou e, sem que me desse conta, já estávamos conversando, eu e o rapaz louro, que se apresentou como Augusto. Falamos sobre nossas vidas numa fluência agradável. Passeamos pela praça e, quando íamos atravessar uma rua e sair da praça, aquele homem tão forte e de voz grave gentilmente me perguntou se poderia me acompanhar até a porta da minha casa. Ri de novo com o pedido, ri como rira junto com as crianças, afinal nunca ninguém havia me feito um pedido tão singelo. Foi só nesse momento que me lembrei que, vindo à praça, pensava em encontrar alguém que gostasse de mim sem que eu precisasse usar meus poderes mentais. Eis que aí estava um rapaz, de estatura impressionante e rosto de beleza inusual, me cortejando.

Mas, ao atravessarmos a rua a caminho de minha casa, quem vinha do outro lado eram a Lucimar e o Rodrigo. Um encontro que podia romper o encanto que perdurava entre mim e Augusto. O Rodrigo logo ficou confuso, sem saber para onde olhar. A Lucimar fez uma cara de espanto, mas logo disfarçou com um sorriso. Pelo jeito que ela beijou o Augusto, vi que os dois já se conheciam muito bem. Mas a Lucimar, que é mesmo uma amiga admirável e tem um humor radiante, não se deteve em rancores e, ao contrário, partiu para criar um clima jocoso: "Darth Vader! Que bom ver que você está criando raízes em nossa linda Barranqueiras!" "Esta cidade tem o melhor quentão da serra!", respondeu Augusto assimilando o mesmo bom humor. "Foi ele quem me salvou em São José das Pedras; se lembra que eu disse que tinha uns vagabundos lá querendo me estuprar e ele deu a maior surra nos três?", ela falou para o Rodrigo, mas estava olhando para mim, tentando entender o que eu estava fazendo ao lado do Augusto. Quer dizer, ela estava entendendo que eu e o Augusto estávamos em sintonia e indo para minha casa, mas isso era para ela o inconcebível: como eu, uma franzina apática, poderia namorar um cara daqueles? Apesar da curiosidade de saber o que a Lucimar estava pensando, contentei-me a não mais que tentar decifrar as expressões faciais contraditórias dela. Se eu a energizasse para saber o que ela estava pensando, talvez não resistisse e energizasse o Augusto para transar comigo; se não queria isso, se hoje, pela primeira vez na vida, iria seguir o conselho daquelas amigas, o de não ir para a cama com um cara logo no primeiro encontro, então era melhor eu manter a minha mente tranqüila. Apenas senti que, por ora, sem que eu também possa entender nem como nem por quê, a Lucimar estava feliz em estar com o Rodrigo e não lamentava que fosse comigo que o Augusto fosse ficar. Só o Rodrigo é que estava inevitavelmente confuso, provavelmente pensando que aquele cara louro ia me comer dali a pouco. Nisso ele se enganou. De fato, o Augusto me acompanhou apenas até a portaria do prédio e, dando-me um cartão com seu endereço e telefone no Rio, disse que já tinha entendido que não iríamos dormir juntos logo no primeiro encontro, mas que, como ele tinha de voltar ao Rio no domingo, eu deveria ir visitá-lo lá para nos conhecermos melhor. Ele passaria o resto da noite terminando de escrever o primeiro capítulo de um livro. Como ele me havia dito já ter escrito dois romances, não me surpreendi. Ao me ver entrar, ele falou que ia passar ao meio-dia para nos despedirmos.

 Entrei no meu apartamento serena e feliz. Gostei de ir dormir sozinha. Estava sentindo tesão pelo Augusto, mas não transar, adiar a transa — pois espero que seja só um adiamento — me pareceu sublime. Recostei-me relaxada e satisfeita no sofá. Lembrei de como, da casa do Pedro Antônio, voltei solitária, tremendo e exausta; acho que até tive febre. De fato, fazer tanto esforço para transar não vale a pena; pelo menos não vale se eu não estiver a fim e, como também era o caso, o garoto também não estiver a fim. Com o Augusto tudo seria diferente; tudo já estava sendo diferente.

Ao meio-dia, conforme o combinado, eu estava em frente ao prédio, agora com uma sainha plissê e uma camiseta justa sem mangas, ligeiramente decotada, valorizando ao máximo meu pouco busto.

V

Acordei pensando como foi magnífico o encontro com a Claudinha. Menina linda. Sem dúvida, com grande potencial mental. Reparei que, quando encontramos a Lucimar, ela quase foi lá dentro da mente da amiga para ler o que ela estava pensando de estarmos juntos, mas se conteve. Não sei até que ponto ela já se deu conta da extensão de seus poderes, mas sei que já os sabe conter. Enfim, é a aliada que procurava. Mas não adianta simplesmente levá-la para o Rio, ela precisa de um pouco de adestramento. Seria temerário. Além disso, vivendo aqui, provavelmente ainda não se deu conta de que um grande conflito internacional entre os transmentais está a caminho. Tenho ainda que politizá-la. Começarei sutilmente. Vou, até antes de retornar ao Rio, terminar de escrever o primeiro capítulo do meu livro. Posso deixar com ela as primeiras páginas. Talvez isso a induza a que também escreva sobre suas sensações e experiências, também analise sua capacidade mental. Sendo sensível como é, imediatamente perceberá, lendo meu texto, que não se trata de um romance convencional. De certo modo, meu livro é uma mensagem cifrada, mas é melhor assim, pois não é necessário causar pânico na população; população que, aliás, não pode fazer nada. Trata-se de um confronto em um outro nível. A humanidade ainda vive na história, agora começou a trans-história: a história destes acontecimentos superiores que se decidem no espaço transmental, ainda que seus efeitos possam ser devastadores para o espaço da vida comum.

Acordei cedo. Me alimentei bem. Fiz exercícios de concentração. Terminei de redigir o Capítulo 1. Fui até o prédio da Claudinha. Nem precisei telefonar previamente. Lá estava ela, bela como uma ninfeta, com uma saia plissada e sua resplendente mente lisa. Ela ria seu riso de criança: "Este carro parece mesmo o Darth Vader, agora entendi o que a Lucimar falou." Num gaiato tom de voz romântico, peguei-a nos braços dizendo: "Se eu sou o Darth Vader, você é minha princesa Padmé." E nos demos um delicioso beijo de língua, o primeiro de nossa história, ou trans-história. Dei-lhe as primeiras páginas do Capítulo 1. "Vou passar a tarde embaixo da coberta lendo; vou dar toda a atenção ao seu texto." "Talvez ele tenha mesmo verdades importantes. Espero que estas páginas do Capítulo 1 a inspirem a escrever também alguma coisa. Solte sua imaginação!" Nos despedimos com mais um beijo hollywoodiano e me pus a caminho do Rio. Se eu conseguisse engajá-la como aliada, poderia enfrentar com mais facilidade aqueles dois assassinos do shopping. Além disso, se ela se assumisse como transmental, estaria, no mesmo gesto, tomando para si a responsabilidade de construir um mundo melhor sob a tutela dos transmentais que não cedem à corrupção pelo poder, de modo que não haveria para mim a questão ética de que, se ela morresse, isso teria sido um abuso meu por ter exposto um indivíduo inapto, um leigo, ao risco de morrer. De fato, por vezes a morte do homem louro no shopping ainda me pesava na consciência. Mas que posso fazer se estamos em guerra? Do mesmo modo, ainda tenho, apesar dessas questões éticas, que ver se consigo engajar o Carlos nesta luta; mesmo não sendo transmental, ele pode ser útil como isca, de modo a que me seja possível preparar uma armadilha contra os inimigos.

VI

Comprei uma lasanha congelada e fui almoçar sozinha no meu apartamento. Tinha vários trabalhos para escrever para a universidade. Certamente não escreveria nada sobre a Barbara Johnson, ela foi só um pretexto para seduzir o professor. Meu propósito era apenas o de comentar no texto de Poe como o ministro sabe o que a rainha esconde e como Dupin sabe o que o ministro esconde. Se da transa com o

Pedro Antônio eu não gostei, a com o professor foi bem divertida. Não sei se foi divertida pela trepada em si, mas foi pelo triunfo de ser a única aluna que conseguiu. Pena que não contei ainda para ninguém. Se bem que essa é que é a infelicidade, ou a felicidade, de viver numa cidadezinha dessas, todo mundo sabe o que a gente faz ou fez. Quando não sabe, é a gente que, por falta do que fazer, conta; mas em geral não precisa. Aqui não adianta nada fechar a porta para transar com um garoto, no dia seguinte todo mundo sabe com quem eu transei e como foi a transa. Talvez já seja mais que hora de me mudar para o Rio de Janeiro.

Achei o início do Capítulo 1 do livro do Darth Vader bem curioso. De alguma maneira me senti em sintonia com o que ele relatava; pensando sobre isso, também lembrei que ele me pedira que escrevesse algo para soltar minha imaginação. Fui mais modesta e escrevi apenas um breve comentário do que lera: "Concordo que um evento tão comentado como a telepatia, se fosse mais habilmente controlado pelo homem, seria tremendamente benéfico à humanidade, mas, na verdade, tal como o avião de Santos Dumont, infelizmente seria logo pervertido em recurso bélico. Exatamente uma prática que poderia promover a paz no mundo corre o risco de ser desvirtuada e apropriada nos jogos iníquos das ambições de poder e riqueza. Até hoje em minha vida estive muito preocupada em não ser sexualmente desprezada e em seguir as modas do Rio. Não tinha noção das mazelas mundiais. Foi só há pouco tempo que me dei conta de que o Rio segue as modas dos Estados Unidos e que nos Estados Unidos eles seguem as modas que as empresas promovem, as quais empresas seguem as linhas de administração empresarial que outros lhes prescrevem ou fazem propagandas que as firmas de marketing lhes vendem, as quais firmas etc., enfim, sempre tem alguém manipulando alguém. Mas, Augusto, sua abordagem da telepatia, uma questão entre o erudito e o trash, consegue expor a peculiar complexidade da dinâmica social humana. Acho que posso ajudar nisso, sobretudo se..." A campainha do telefone me interrompeu: "Alô, é a Claudinha? É o Joca. 'Tá de bobeira hoje à noite?" De fato, conforme previra o Rodrigo, o Joca ligou. O Rodrigo até pode ser neurótico e propenso a acessos de pânico, mas paranóico ele não é. Há de fato alguém, no caso, o seu melhor amigo, o Joca, que, seguindo o rastro da separação, de certo modo o persegue ou, ao menos, o atormenta. Aí está ele ligando, só a fim de me comer. Ou a fim de contar para o Rodrigo, com ar de superioridade safada, que eu, apesar de magrelinha, até que sou gostosinha. Talvez, se tivesse telefonado mais cedo, ele conseguisse, mas agora não tenho nenhuma necessidade de irritar o Rodrigo. Sinto-me feliz com a possibilidade de namorar o Darth Vader, de modo que posso sinceramente querer bem ao Rodrigo. É exatamente esse machãozinho do Joca que não é mais útil. "Não vou sair, não." "Então amanhã?" "Também não." "Então dou uma passadinha aí." "Joca, se você 'tá assim com tanto tesão por mim, então se masturba aí no seu banheiro porque não vou abrir nem a porta pra você." "Que é isso? Quem falou nisso? Sou só seu amigo. Só queria te consolar." "Você está é enchendo o saco. Vou desligar. Nem tenta de novo!" Minhas palavras decididas saíram fácil de dentro de mim. Que medo eu podia ter desse don-juan caipira? Mas o que sei é que esse caradura ligando só para me comer me deixou de saco cheio de Barranqueiras. Se o Augusto me convidou para ficar na casa dele, vou é amanhã mesmo para o Rio. Chega de Barranqueiras! É fazer as malas, dormir cedo e pegar o primeiro ônibus para o Rio.

Capítulo 5

A batalha final

I

Acordei no fim da manhã com o interfone tocando: "Doutor Augusto, tem uma menina aqui, a dona Cláudia, dizendo que está chegando de viagem. Pode deixar subir?" Aqui estava ela. Prontamente atendendo a meu chamado mental da véspera. Ela chegou alegre, nos beijamos como fôssemos namorados firmes. Eu estava só de short. Não porque eu estivesse dormindo, mas porque queria criar intimidade. "Gostei do seu livro." Ela me deu uma página de anotações sobre o livro e foi tomar uma ducha. Quando voltou, apenas enrolada na toalha, lhe disse que eu concordava com o que ela havia escrito. "Acho que vou escrever um livro também." Uma idéia que aprovei. Fiquei pensando que, tal como a TV não aboliu a escrita, os transmentais nunca deixariam de gostar de ler e de escrever. Mais um argumento, aliás, de que o desenvolvimento do transmentalismo está intrinsecamente ligado à escrita. Vi que estávamos nos entendendo até nos aspectos essenciais relativos às atividades de confronto com o doutor Xenakis quando ela fez mais um comentário sobre o pouco que leu do meu livro: "Você, Augusto, é muito sensível, se preocupa muito com o que os outros pensam; também sou assim; acho que posso ajudar você a respeito das coisas que está desenvolvendo no livro." "Certamente que pode! Há muito trabalho que temos de fazer juntos. Era de uma companheira como você que eu estava precisando." "Espera tanto assim de mim? Eu posso ser sua companheira. Posso gostar de você, mas não tenho essa sua disposição de encarar o mundo com toda essa energia. Você inspeciona construção de plataformas! Meu Deus! Para mim isso é trabalho para gigantes." Sério, respondi: "Eu deveria ser um gigante para fazer o que iminentemente me espera." Mas ela desatou a rir: "Você é um gigante." No que ela ria, nos abraçamos, nos beijamos e rolamos pelo tapete da sala. De novo rindo sem poder se conter ela disse: "Seu tapete é mais macio que a minha cama." Nos amamos com carinho, sem pressa e sem que eu buscasse prolongar o ato retendo o gozo. Tudo foi no ritmo certo. Sem nenhuma interferência transmental. Acho que nenhum de nós pensou ou lembrou disso. É curioso que algo tão avassalador como os poderes transmentais não contribua verdadeiramente para os prazeres simples e mais enlevantes. Quando terminamos e relaxávamos olhando a sanca do teto, ela voltou a rir: "Viu? Não precisou você ser mais gigante do que é para fazer o que iminentemente te esperava." Gostei de que ela não me levasse a sério demais. Afinal, esse era o papel que eu esperava de uma companheira. Exatamente estava precisando de alguém que me pusesse em um estado de ânimo menos sombrio do que esse para o qual ia me encaminhando. Agora me sentia pronto. Com uma companheira que me apoiava e me erguia do desânimo, uma pessoa em quem eu confiava e que, tendo lido com atenção o texto que lhe dera, sabia o básico das táticas de ação, era hora de agir.

II

E foi ela quem me precipitou para o embate final. Enquanto tomávamos café-da-manhã na varanda do meu apartamento e contemplávamos a vista da Lagoa, apreciando as crianças que, pedalando bicicletas, aproveitavam o feriado de 7 de setembro, para aperfeiçoar o treinamento dela contei-lhe sobre a minha conversa com o doutor Xenakis e detalhei as teorias que ele e seus colegas de golfe haviam desenvolvido sobre a telepatia e o transmentalismo. A Claudinha se interessou profundamente por elas. Ficou particularmente intrigada sobre o quanto a CIA se articulava bem nessas teorias. Ela me disse que concordou com o doutor Xenakis. Não havia dúvida que tudo se encaixava. Era como um jogo de quebra-cabeça. Sobretudo, era uma teoria muito divertida. Assim que ela esvaziou a xícara de café me perguntou com ar sério e compenetrado: "Quando encontraremos o doutor Xenakis?" "Você quer mesmo?" Diante dessa pergunta decisiva, ela se mostrou segura, até jovial. Não pude deixar de admirar o vigor de sua mente. Ela era a mulher mais bonita que já vi. Era, sem dúvida, a sua expressividade mental peculiar que tornava todo seu corpo radiantemente belo. Absorvendo o bom humor dela, me permiti, apesar da gravidade do momento, devanear jocosamente imaginando que, se mais mulheres se tornassem transmentais, se mais mulheres percebessem que a expressividade transmental é, afinal, o principal fator de beleza e sedução, então se desenvolveriam mundo afora *mental beauty parlors* que, tal como as academias de ginástica em que as meninas ficam, com exercícios específicos, modelando o bumbum e as coxas, elas teriam de modelar a expressividade mental. Suas mentes não deveriam ser nem muito calosas nem muito flácidas. Assim, para uma certa cliente seria exibido este ou aquele filme; para uma outra, seria o caso de ler um livro ou aprender francês; para mais uma outra, aulas de matemática pura seriam o recomendado. Também teríamos um *jet set* de *mental top models* que viriam anualmente desfilar, com ou sem biquíni (isso seria indiferente), no Rio Fashion Week. Com mais essas minhas idéias estávamos tendo um café-da-manhã alentador, entremeado por risadas. Nesse estado de ânimo, ela continuou: "Ora, por tudo que falamos, temos que, sem perda de tempo, apertar as coronárias dele." Isso era tudo de que precisava: uma companheira firme e intrépida. Ela era dessas heroínas de filme americano que, apesar do perigo em nosso rastro, não perde a presença de espírito. Vi muitos filmes assim. No meio do *Exterminador do futuro II*, quando Sarah, John e o Exterminador param para comer cheeseburgers com batata frita e depois vão até um trailer velho e carcomido, Sarah, encontrando o amigo Enrique, está serena e até esboça alegria, apesar de saber que o pior ainda virá. Nisso, na importância da cultura pop americana, o doutor Xenakis tem razão: ela nos inspira, nos abre novas possibilidades existenciais, enfim, ela exercita nossa mente. O que temos de evitar é que eles monopolizem o transmentalismo, integrando-o no seu poderio bélico.

Era, portanto, chegada a hora do confronto. Do meu lado estava pronto. Era minha companheira que pedia o embate. Me concentrei em como encontrar o doutor Xenakis e em como fazer para que assumíssemos, desde o início, uma posição de decisiva superioridade. Ainda não estava totalmente certo de se seus guarda-costas eram verdadeiros transmentais ou meros títeres. Estava tão concentrado que nem ouvi o telefone. "É seu tio", me disse a Claudinha. "Tudo bem? Vai ter outro almoço hoje na sua casa? Que bom! Será com um chef italiano? Que novidade! O doutor Xenakis estará aí? Talvez não? Ah! Ele não está se sentindo bem. O que é que ele tem? Nada demais? Mas não sei se poderemos. Eu e a minha namorada estávamos combinando de dar a volta na Lagoa. Ah! De qualquer jeito o almoço vai ser lá pelas seis da tarde. Então dá tempo. Ah, é? Então pode ser que ele vá? Melhor ainda. Tchau!" Expliquei à Claudinha que o desejo dela iria se realizar. Ia ter outro almoço na casa do meu tio. A princípio o doutor Xenakis não iria; não estava passando bem; mas, na emergência do hospital, o cardiologista viu os exames e logo o liberou dizendo que ele tem é que fazer um programa de exercícios.

Ele deve começar com caminhadas leves, mas vai ter que fazer esteira e coisas assim: chega de vida sedentária. Ou seja, poderemos dar nossa volta na Lagoa e depois encontrar o doutor Xenakis. Aí veremos o que poderemos fazer com ele e as teorias dele.

III

Pouco depois, porém, quando nos preparávamos para descer para a Lagoa, vi passar a limusine preta do doutor Xenakis. Será que meu tio havia contado a ele que eu estava aqui com a minha companheira? Será que foi um erro avisar que não estava mais sozinho? Será que ele estava vindo com reforços? Será que ainda estava somente com dois guarda-costas? E qual seria afinal o poderio dele? Tinha de ir com calma, pois tudo podia ser apenas uma coincidência, talvez ele ainda estivesse me evitando, talvez isso fosse apenas mais um teste. Creio que ainda não é capaz de saber quais são minhas forças. E eu, será que sei do que ele é capaz? Mas, se está querendo só me testar, então é a hora de agir e pegá-lo de surpresa.

A limusine voltou e foi parar num estacionamento a pouco mais de duzentos metros do meu prédio. Ao longe, consegui ver que ele estava acompanhado apenas dos dois guarda-costas, embora eles estivessem com roupas mais esportivas. Parecia uma provocação. Agora ele ia se posicionar e me esperar.

IV

Quando entramos no elevador, a Claudinha me disse que não fazia ginástica há tempos e não conseguiria dar a volta inteira na Lagoa. Foi uma grande ajuda ela me dizer isso. Foi com base nisso que concebi meu plano. Era um plano simples, mas eficaz, daria ao doutor Xenakis a morte que ele fez por merecer.

Como o tema coronárias pairava entre nós, expliquei a ela que, segundo o meu cardiologista, eu tinha de fazer ginástica senão minha pressão subiria. "Você toma remédio?" "Não, já parei. Eu mesmo decidi que não precisava mais. Na verdade, nunca precisei, mas para não parecer teimoso ou desajustado tomei o remédio ainda no primeiro mês em que recomecei a ginástica e balanceei a minha dieta, depois senti que eu mesmo já controlava a minha pressão e parei." "E você checou se estava normal?" "Claro, cheguei numa farmácia lá em Barranqueiras, estava normal, e até joguei fora os medicamentos. Já em São José das Pedras vi o quanto eu podia me autocontrolar. Eu estava certo: dá para controlar mentalmente essas pequenas disfunções corporais." "Também acho que para essas coisas de pressão e enxaqueca depende de como a gente se cuida. Você já fez ioga, não fez?" "Claro, a ioga foi mesmo muito importante para mim."

Toda essa conversa já foi na portaria. Nesse meio-tempo, o doutor Xenakis se afastava mais do meu prédio. A essa altura ele já estava a quinze minutos de distância de nós. "Vamos fazer o seguinte, Claudinha. Você vai andando para a direita, continue sempre andando. Eu vou pelo outro lado, correndo. Em meia hora, vindos de sentidos contrários, nos encontraremos. Fique atenta porque é nesse lugar em que nos encontraremos que provavelmente o doutor Xenakis também estará." "Como você sabe? Combinou com ele?" "Não, vi o carro dele passar. É uma boa chance para lhe fazermos uma surpresa." "Mas que lugar é esse?" "Será mais ou menos onde tem aqueles pedalinhos com formato de ganso. Lá nós poderemos apertar as coronárias dele."

V

O plano parecia bem concebido. Mas, para que ele funcionasse direito, tive de correr mais rápido do que esperava. Era um dia ameno sob um céu sem nuvens, mas, mesmo assim, recém-chegado do frio das montanhas, eu suava profusamente; não havia vento; apesar de nas últimas semanas ter me exercitado também fisicamente, sentia um enorme cansaço e não conseguia respirar direito. Só que não podia deixar a Claudinha chegar sozinha frente a frente com o doutor Xenakis. Por mais decidida que ela estivesse, seriam três contra um. Sentia-me tonto. Eu via como que através de uma nuvem escura com pequenos pontos cintilantes. Tentava me concentrar mentalmente para encarar o doutor Xenakis com todas as minhas forças, mas todas as minhas energias estavam sendo consumidas no esforço de correr. Meu coração disparava. Minha boca estava seca e amarga.

Mas não podia parar. Minhas pernas se descoordenaram, caí, ralei o braço, levantei, o braço ardia mas não escorria sangue, continuei, ofegava, mas minha força mental se impunha ao cansaço corporal. Não podia parar. A vida da Claudinha dependia de mim. Só pensava nela e na risada sarcástica do doutor Xenakis. Quando me vi chegando perto do cais dos pedalinhos, uma bicicleta, desviando-se de um cachorro, veio em minha direção, eu, trôpego, não consegui me esquivar, fui derrubado e o ciclista caiu por cima de mim. Quando me levantei, doía-me o peito, bambeavam-me as pernas, apoiei-me a um coqueiro. Ao erguer-me massageando minhas costelas à esquerda, vi os dois guarda-costas do doutor Xenakis correndo na minha direção. Eles me haviam visto primeiro: isso explicava minha dor no peito. Agora eles pararam, mas a minha dor aumentava e aumentava à medida que o doutor Xenakis, cinquenta metros mais atrás, vinha se aproximando. Era dele que me vinha a dor: os guarda-costas eram, pois, apenas títeres, avatares mentais. O ciclista me falava algo que eu nem ouvia; ele não era capaz de se dar conta da batalha em curso. Para esse ciclista, só havia a força física, entretanto o que definirá a geopolítica mundial daqui para a frente serão os confrontos entre os transmentais. Totalmente concentrado em apertar as artérias do doutor Xenakis, já nem mais me importava comigo; se eu morresse ali, no campo de batalha, ainda que sem medalhas e hinos, não seria uma morte em vão, estava bravamente defendendo o mundo. Meus poderes começavam a superar os do doutor Xenakis: agora ele parara. Seus seguranças hesitavam; evidentemente eram chamados de volta. Nesse momento, pego de surpresa, o doutor Xenakis começava a sentir o ataque pelas suas costas. Ele havia dispersado muito de suas forças mentais compondo-se sinergicamente com os guarda-costas, mas agora, além de ter recebido um impulso mental vindo diretamente de mim para bloquear suas coronárias, ainda estava sentindo o espasmo de suas coronárias piorar com o inesperado ataque da Claudinha que, sorrateiramente, se aproximava por trás. Ele precisava desesperadamente ter de volta sua própria energia, senão ele não conseguiria se defender de dois ataques que, desprezando seus seguranças fantoches, eram desferidos certeiramente em sua coronária esquerda. Toda a parede posterior de seu miocárdio se necrosava. Agora era ele quem cambaleava. Os seguranças se mostravam desgovernados, não sabiam se vinham na minha direção ou se retornavam ao seu senhor. O Xenakis, caindo ao chão, se recostou a um banco de cimento. Agora a Claudinha parou à sua frente: e é então quando ele mais agoniza, é como se todo o ar tivesse sumido da face da Terra, sua inquietação é visível desde onde estou, quanto mais ele se contorce, e saliva espumosa e rósea lhe sai pela boca, mais recobro minhas forças, agora ele está inteiramente à mercê da Claudinha. Sinto a turbulência no espaço transmental; as pessoas no gramado, porém, não percebendo que estão no epicentro de um tufão transmental, se deixam levar por forças às quais são insensíveis, de modo que são inicialmente impelidas com as crianças para os lados, num movimento centrífugo, bem ao contrário do que ocorre com acontecimentos trágicos em espaços públicos, não tendo assim se formado logo uma aglomeração em volta do doutor Xenakis. Apenas a Claudinha o confrontava. Parada, concentrada, olhando-o fixamente, ela lhe desferia um mortal aperto coronário. Os guarda-costas, que agora, correndo, se aproximavam dele, não usaram de força física para interromper a ação da Claudinha; não porque eu de longe os impedisse, mas porque, com o Xenakis morto, eles voltavam a agir como pessoas meramente mentais.

O ciclista agora falava ao celular. Eu me aproximava do corpo do Xenakis. Todo o meu cansaço havia passado. Dois homens se agachavam ao lado do Xenakis: pegavam o pulso, olhavam as pupilas, mandavam as pessoas, que agora se aglomeravam, se afastarem. Ouvi um deles dizer: "Morreu." Ouvi ao longe o som de uma sirene. A Claudinha se distanciava do morto. Devido ao esforço feito, ela tremia, tinha calafrios, e lágrimas transbordavam-lhe dos olhos. Eu a abracei. Os seguranças, assumindo agora uma postura corporal bem menos robótica, me perguntavam se eu estava bem. Nisso chegavam três homens carregando uma maca e uma pequena mala. Sentei a Claudinha em uma cadeira de plástico junto a uma carrocinha de vender água de coco e voltei para ver o que os médicos faziam. Os guarda-costas vieram me dizer que, segundo os médicos, o doutor Xenakis estava morto. Eles, livres do controle transmental, não se davam conta de que há bem pouco tentavam me matar, tampouco se davam conta de que, se eu me aproximava do corpo do Xenakis, não era por estar comovido com a sua morte, mas para ter certeza de que minha missão estava cumprida. Olhando os enfermeiros porem uma coberta sobre o corpo de Xenakis, em meio à enorme turbulência transmental que ainda não se dissipara, mas, com meus poderes ainda aguçados, não pude deixar de ouvir quase que palavra por palavra o que uma senhora de jogging e óculos escuros bem ao meu lado pensava: "Como pode alguém morrer num lugar tão bonito, num feriado de sol e céu azul?" "O céu azul não tem nada a ver com isso", disse isso olhando para ela e a vi espantada tirando os óculos escuros, quase me perguntando se li seus pensamentos. Contive uma boa gargalhada, pois seria inconveniente rir ali bem na frente de um morto que nem esfriara.

Mas é claro que eu entendia o espanto dela; afinal, se eu, sem saber de nada, viesse passando por ali, diante daquela paisagem magnífica, sob um céu arrebatadoramente azul, e visse um homem, aparentemente saudável, morrer subitamente, me perguntaria que sentido uma coisa dessas faz.

Este livro foi composto na tipologia Minon, em
corpo 11,5/16, e impresso em papel off-white 90g/m²
no Sistema Cameron da Divisão Gráfica
da Distribuidora Record.

Seja um Leitor Preferencial Record
e receba informações sobre nossos lançamentos.
Escreva para
RP Record
Caixa Postal 23.052
Rio de Janeiro, RJ – CEP 20922-970
dando seu nome e endereço
e tenha acesso a nossas ofertas especiais.

Válido somente no Brasil.

Ou visite a nossa *home page*:
http://www.record.com.br